El mes más cruel

El mes más cruel

Pilar Adón

Con una introducción de
Marta Sanz

IMPEDIMENTA

Primera edición en Impedimenta: abril de 2010

Copyright © Pilar Adón, 2010
Copyright del prólogo © Marta Sanz, 2010
Copyright de la presente edición © Editorial Impedimenta, 2010
Benito Gutiérrez, 8. 28008 Madrid

http://www.impedimenta.es

Diseño de colección y coordinación editorial: Enrique Redel

Los editores desean expresar su agradecimiento a Belén Bermejo por su inestimable colaboración.

ISBN: 978-84-937601-6-8
Depósito Legal: P-117/2010

Impresión: Gráficas Zamart
Italia, 51. Parcelas 14-18. 34004 Palencia

Impreso en España

Introducción

∾

Leer nos hace débiles
por *Marta Sanz*

Nos afecta a todos

Después de leer *El mes más cruel* encuentro una coincidencia que me afecta. Me afecta a mí, a Pilar y a todos los que en este momento hojean estas páginas: en *El mes más cruel* casi todos los personajes leen. Digo «casi» para no pillarme los dedos, aunque lo más probable es que todos —absolutamente todos— lean: en «Noli me tangere» a Julia le urge salir de la isla en la que vive y, en el autobús que la conduce hasta el *ferry*, lee para evitar mirar, hablar, tocar a nadie; Caterina quiere encerrarse en su habitación para echarle un vistazo a un libro o para mirarse las uñas de las manos; Flora Marr se retira discretamente para leer en su alcoba; la nodriza lee quizá para instruir a Darío; Clara se ha recluido en su cuarto para leer y para otras cosas y quizá no salga nunca; Sara y Olivia leen mientras se vigilan en el magnífico «En materia de jardines»; César tiene un libro abierto en el regazo y sabe que el aprendizaje es algo más profundo que la repetición de ciertos trucos de prestidigitador y, sin embargo, vive con miedo o ni siquiera sabe vivir...

DEPENDENCIAS

Así que hoy veo *El mes más cruel* como una metáfora de la lectura: la metáfora de una dependencia que se parece a la del amor y los lazos que nos unen con los otros. Las relaciones que se plantean en estos cuentos, igual que la lectura, tienen que ver con la idea de protección y con sus mentiras; con qué significa ser autosuficiente y con la autosuficiencia como producto de la crueldad, el abuso o la expulsión; con la fantasía de que no necesitamos a nadie o de que estamos solos; con la debilidad que se experimenta frente a los extraños y que se transforma en indefensión absoluta cuando nos lastiman o traicionan las personas de nuestro círculo más íntimo; con la desconfianza y lo que piensan de nosotros los que nos aman; con la necesidad de saber quién gobierna a quién, quién está sano y quién enfermo, quién puede curar cuando la sanación se ha convertido en un acto de dominio, quien cura puede matar y quizá no haya ninguna diferencia entre el sanador y el psicópata —los silogismos de Pilar nunca son convencionales—; con la convicción de que ciertas convivencias devastan y destruyen; con lo que duele meterse en la piel de los otros; con el sarcasmo como sistema de autodefensa; con la vanidad; con la renuncia a la propia dicha como apuesta balsámica…

¿Habré entendido bien?

Pero quién sabe, porque, cuando me pongo a leer, mientras leo y después de haber leído un libro de Pilar Adón no soy capaz de decir *con exactitud* lo que me quiere contar. Me pregunto continuamente si habré entendido bien y esa sensación me obliga a empinarme hasta el nivel del texto para mirar por encima o a través de sus imágenes como si fueran una valla tras la que aparece un fragmento del horizonte. La incertidumbre me empuja a meterme por debajo del texto como el niño que bucea bajo las sábanas. A mirar debajo de la cama antes de dormir. Esa sensación, esa incertidumbre, esa vulnerabilidad me gustan en la misma medida en que me intranquilizan. «¿Habré entendido bien?» es una pregunta perturbadora que parece no recogerse en el repertorio de inseguridades de los lectores posmodernos. Como si los lectores *siempre*, y por definición, entendiéramos bien y como si no existiera la posibilidad de plantear una pregunta errónea. Arnaud, uno de los personajes de *El mes más cruel*, le espeta a su hija Marie en «Los cien caminos de las hormigas»: «¡Qué pregunta tan equivocada!». Quizá Arnaud sea un prepotente o un sabio o ambas cosas —los atributos no son contradictorios—, así que de nuevo, como lectora, me formulo esa pregunta que me coloca frente a mi dimensión real respecto al texto: «¿Habré entendido bien?».

COMO QUIEN ESCRIBE POESÍA

Busco más pistas para apoyar mi interpretación, para explicarme por qué de repente tengo frío y creo vivir en un invierno perpetuo, y me doy cuenta de que la autora, pese a que *El mes más cruel* es una colección de relatos, procede como quien escribe cierto tipo de poesía. «El mes más cruel» es la perífrasis con la que Eliot nombra un abril fúnebre que después ha estado presente en una parte significativa de la poesía contemporánea. También en este mes cruel de Pilar Adón hay, como digo, una escritura poética que nos conduce hacia un proceso interpretativo peculiar: el de encontrar el significado a partir de una atmósfera, de una cadena de variaciones sobre el mismo tema, un *leitmotiv*, un universo de repeticiones aproximadas que no son las copias de un papel de calco. Una persistencia, una sutil gota serena, una mácula. Pilar propone una escritura en la que hay que encontrar el sentido, el sendero de miguitas en el corazón del bosque, a través de los rastros y las pisadas del animal.

Leer nos hace débiles

Leo con la esperanza de que, cuando halle la clave, se me pasarán el frío y la vulnerabilidad de los que la autora me ha rodeado como una verdadera reina de las nieves. O, quizá, encontrar el sentido y su clave me deje definitivamente congelada, como cuando leo uno de esos cuentos de Perrault, H. C. Andersen o los hermanos Grimm —que forman parte de la biblioteca mental de la autora— y descubro la crueldad por omisión del padre de Blancanieves, el carácter desnaturalizado de los progenitores de Pulgarcito, el impulso incestuoso del rey hacia aquella muchacha que tuvo que esconderse bajo la piel de un burro. Leer nos hace débiles, pero no podemos evitarlo.

Cuentos de hadas

También en los cuentos de Pilar hay muchachas que corren por el bosque para ver el cadáver de un loco, muchachas que se pierden («El infinito verde»), y jóvenes que viven tal vez en el epicentro de ese mismo bosque, en una casa con las paredes de cristal, protegidos por una nodriza vampírica, una no tan extraña educadora, que inocula a su pupilo inseguridad y miedo en un simulacro de amor y protección: en «El fumigador» el elemento fantástico es la metáfora de una afectividad insecticida, venenosa, paralizante, muy reconocible en el corazón de esas familias donde siempre cuecen habas o se oculta el estigma de una tara genética… Estos cuentos que siempre se desarrollan en otra parte y cuyos personajes a menudo tienen nombres foráneos —Marcel Berkowitz, Flora Marr, Gustave Salletti—; estos cuentos que a veces adoptan un estilo decididamente *british* o afrancesado o de casa a las afueras de una ciudad italiana —un estilo internacional—, en un tiempo que podría ser cualquiera, apuntan directamente hacia la vivencia más cotidiana e íntima del lector.

Extrañas moralejas

Los cuentos de Pilar y los cuentos de hadas —aparezcan éstas o no— se relacionan, entre otras cosas, a través del concepto de educación —¿o será depravación?—, como proceso y producto de las relaciones humanas en universos endogámicos: cada relato de *El mes más cruel* se cierra con un poema como si las incuestionables moralejas redentoras de los cuentos de la tradición medieval se sustituyesen por una veladura. Al lector le queda el gusto de haber rozado con los dedos una enseñanza que es más bien una intuición, el fragmento de algo que se percibe borrosamente. Abril es el mes más cruel y estas iluminaciones y estos aprendizajes a menudo son oscuros. Los cuentos de Pilar son habitaciones cerradas cuyas luces atisbamos por detrás de una puerta, como en «Clara», una narración donde la realidad es un lugar distinto para los que leen y para los que escriben y los fantasmas de las antiguas mascotas, de los gatos, surcan el espacio vacío de los interiores; o como en «El mes más cruel», donde uno de sus personajes «estaba haciendo unos increíbles esfuerzos por no dejar que se oyera nada de lo que estaba sucediendo dentro».

Desnudar los cuentos

Estos relatos se vertebran a partir de la elipsis y de las hipótesis sobre lo que habrá pasado antes y después del preciso instante que Pilar decide detener con su escritura: también en «Los seres efímeros» tiene toda la importancia del mundo lo que pudo haber sido y no fue, la posibilidad de escribir la hazaña, de relatarla, más que de llevarla a su culminación. A estos cuentos hay que desnudarlos, irles quitando la corteza poco a poco, descascarillándolos, hasta encontrar el núcleo; sin embargo, desvelar lo secreto sería una acción fácil y ordinaria, un comportamiento de brocha gorda, una inexactitud respecto a la consistencia brumosa de la vida, una simpleza, que nunca podría permitirse la inteligencia y la prosa delicada de Pilar Adón.

Un mecanismo con dos movimientos

El revés oscuro de las relaciones personales lo es también de las relaciones del lector con una lectura que se presenta como mecanismo con dos movimientos: uno, la lectura nos aleja de la realidad; dos, a la larga, nos empapa más profundamente de ella. *Empapar* no es un verbo elegido a tontas y a locas: el agua es un símbolo de muerte y la muerte, casi sin nombrarla, alimenta los relatos de Pilar Adón, que derrocha elegancia para decir no diciendo y para dar en el clavo con imágenes después de las que una palabra más sería verborragia: en «El viento del sol», la protagonista reflexiona sobre el hecho de que su sonrisa «no era la sonrisa de la felicidad espontánea». Sólo por una frase así este cuento merecería la pena. Pero es que, además, este cuento habla del miedo a vivir y de la imposibilidad del arte de cumplir su destino de comunicación, y de que, cuando llega el dolor, ni el viaje ni la literatura sirven para la huida porque el extrañamiento y el encuentro con uno mismo que se produce en esos viajes solitarios, en esas lecturas solitarias, genera una forma de lucidez que primero parece alejarnos de la realidad pero después nos la incrusta en la frente como una esquirla. Un mecanismo con dos movimientos. Pilar Adón en *El mes más cruel* no es una *letraherida,* sino una sabia.

INEXACTITUD

Sin embargo, no estoy muy segura de que *El mes más cruel* hable de estas cosas y ese no saber *con exactitud* es lo que más me gusta. La falta de precisión matemática, la imposibilidad de coger el agua entre las manos, el runrún persistente del «¿habré entendido bien?», la asunción de mi tamaño minúsculo frente a la elevación y profundidad de un texto son los que van a conseguir que este puñado de historias me mantenga en vilo y que, quizá, cuando dentro de unos años lo retome, se me presente bajo una luz distinta, pero seguro que no menos inquietante.

MARTA SANZ

El mes más cruel

En materia de jardines

I

Cuando Olivia Fouquet comenzó a vivir con Sara pensó que se trataba del ser más inteligente y a la vez más desesperado que había conocido en su vida. Y así se lo comunicó a su padre en la primera charla que mantuvieron por teléfono dos días después de su entrada en la casa en que debía establecer cierto orden.

—Es una chica muy triste, papá —dijo adoptando un tono de voz aún más bajo del que solía usar por los pasillos, cuando se reunía con Sara, o en su propia habitación, cuando se sentaban juntas para trazar el menú de la semana siguiente—. Creo que no es feliz. Aunque a veces da la impresión de serlo enormemente, a pesar de su gesto tan sobrio. Siempre está seria, y de vez en cuando dice algo extraordinario. Ayer, mientras cenábamos berenjenas que ella mojaba en un cuenquito azul lleno de miel, dijo que no entendía cómo podíamos poseer algo tan perfecto y necesario como la piel y no estar constantemente dando gracias por ello.

—¿Y no te parece que tiene razón? —preguntó el padre de Olivia.

Ella sabía que tenía razón, pero lo extraño no era el significado de las palabras, sino la propia existencia de la frase, pronunciada de pronto, entre las berenjenas y la miel. No le había sorprendido el qué, sino el cómo.

—Pues tendrás que habituarte, cariño —dijo su padre—. Es una buena chica. Ya lo verás. Su comportamiento nunca será lo suficientemente extraño, dadas las circunstancias. Tú sólo tienes que encargarte de hacer tu trabajo.

La casa de Sara se dividía en tres pisos, además del sótano, donde la caldera permanecía encendida todos los días del año. Sara solía tener frío por las noches incluso durante las más fragantes y espesas horas de los meses de julio y agosto, y a veces debía mantener el radiador de su dormitorio al máximo durante todo el día para poder dormir sin que le temblaran penosamente las piernas, tan largas y desprovistas de esa benéfica materia grasa que podría proporcionarle cierta sensación de calor interno, personal y autogenerado. Sus habitaciones se hallaban en la segunda planta, y en la primera estaban la cocina y los salones de lectura, de música, de recogimiento, de ejercicios gimnásticos ligeros (bailar, patinar, saltar o, simplemente, caminar) y de ejercicios gimnásticos pesados (bicicleta y abdominales). La tercera planta permanecía inutilizada, aunque ambas comprobaban que allí todo seguía en orden cada vez que ascendían hacia el tejado donde, a veces, se sentaban para dejar que su mirada se perdiera por la oscuridad cósmica o que saltara de esfera luminosa en esfera luminosa y recorriera el salvaje vacío en el que se sabían inmersas.

Había lavabos y bañeras repartidos estratégicamente por diversos rincones del edificio y, finalmente, éste quedaba rematado, cual pastel provisto de ligeros adornos de nata, por los graciosos y tan bien aprovechados balcones que daban al mar o, en la fachada opuesta de la casa, al poco cuidado jardín.

—Deberíamos regar los parterres con más frecuencia.

—Sí. Deberíamos hacerlo.

—¿Sabes que algunos animales huelen la muerte? La perciben de algún modo. No sé cómo, pero es cierto. Son capaces de hacerlo. —Sara no quería bañarse en el mar. Podía pasar horas sumergida en alguna de las diversas bañeras (anchas o estrechas; redondeadas o rectangulares) que aparecían diseminadas por los recovecos más inesperados de su casa, bajo un agua turbia y sin restos de jabón que le daba a su cuerpo un aspecto mórbido y blando; podía quedarse allí eternamente, con una extraña expresión amarga en el rostro y sin mostrar signo alguno de desear salir, con los ojos cerrados y los labios separados en lo que parecía la inacabable pronunciación de una asombrada y perfecta *o*. Pero no se bañaría en el mar jamás—. Los gatos. Sobre todo la perciben los gatos. ¿Lo sabías?

—Algo había oído —respondía Olivia—. Pero no me provoca ningún interés. ¿A ti sí?

A ella sí, naturalmente.

2

Olivia Fouquet se encargaba de observar los comportamientos ajenos a través de sus pequeñísimas gafas redondas de metal. Luego los analizaba someramente, sin permitirse entrar en grandes profundidades que pudieran hacerla zozobrar a ella —que debía mantenerse constantemente entera y constantemente en equilibrio—, y, por fin, procuraba poner en práctica un buen remedio, una solución eficaz que sacara a la superficie al pobre cuerpo medio ahogado del que estaba ocupándose. Debía sacarlo de la tormenta y debía lograr que comenzara a respirar de manera autónoma y, sobre todo, voluntaria. Olivia no sabía con certeza si Sara era consciente de lo mucho que la necesitaba. No iba a preguntarle jamás si estaba al tanto de lo que había ido a hacer allí, a su casa de tres pisos más sótano y jardín, porque hablar de ello supondría hacerlo real. Dolorosa e inútilmente real. Y la irrealidad siempre propiciaba un ancho y venturoso espacio por el que moverse con cierto optimismo para lograr un objetivo tan primordial y tan intangible, tan lleno de obstáculos y de dudas, tan silencioso y afable, como el suyo.

Las dos pasaban horas sentadas en alguno de los rincones más oscuros del salón de lectura, entregadas a una seria indolencia propia de dos damas muy ricas o de dos damas muy ausentes y muy apartadas del devenir de los acontecimientos sociales o políticos que estuvieran sucediendo más allá de los gruesos muros protectores de su aislado salón.

Podían hablar de Salinger y de Emily Dickinson.

—Me gusta que me cuenten historias —decía Sara.

—Cualquiera puede contar historias.

—Eso no es cierto.

O podían clasificar las tonalidades del verde que veían desde sus ventanas, hasta llegar a elaborar una fácil teoría sobre la evolución del color a lo largo de un día en relación con el proceso vital del ser humano: el verde de la mañana era un verde ingenuo y tranquilo. Un color anhelante, de un tono despejado y transparente. Tan transparente que tendía al ámbar... Pero la mañana concluía y el tiempo avanzaba hacia la tarde y, cuando eso sucedía, el verde empezaba a transformarse. El día se hacía maduro y el verde se hacía maduro de igual forma, adquiriendo entonces un tono más oscuro, más reflexivo. Más sombrío. Finalmente, la noche, como era de esperar, mostraba un verde mortecino. Un verde sabio pero también apagado. Un verde un tanto trágico.

Podían hablar de Scott, de las exploraciones al Polo, de la resistencia humana al frío extremo y al hambre a lo largo de todo un invierno polar, de los caminos trazados por los barcos hacia el sur, de la obsesión por la conquista, de lo atractivo que resultaba el fracaso de los demás. O podían hablar de temperaturas de treinta y cinco grados bajo cero, de las focas, de la corriente del noroeste, de los perros con sus lombrices intestinales, de la importancia de habituarse a ciertas rutinas en medio del desastre. Y, mientras, percibían los evidentes cambios en la intensidad de la luz del sol, y los consiguientes, y también evidentes, cambios en la consistencia del aire.

—La rutina siempre tranquiliza.

Hablarían de las estrellas brillando con un fulgor prodigioso en la oscuridad absoluta de la noche y de los hombres del *Endurance* jugando al fútbol sobre el hielo mientras el barco seguía atascado, sin remedio, formando parte ya del espectral paisaje blanco.

Fue a lo largo de una de esas sesiones de moroso sopor, cuando Olivia comprendió que Sara, en realidad, no había llegado a ver la caída o el suicidio o el accidente que más tarde le causaría la enfermedad de la que ella ahora debía rescatarla. Había estado allí, ante el abrupto acantilado, y había imaginado lo que iba a ocurrir. Luego, al día siguiente, había leído en los periódicos la noticia que iba a confirmar todos sus miedos, e inmediatamente después llegaron las opiniones, los comentarios, los pareceres. Los rumores ofensivos junto a los rumores algo más benévolos. Sara oyó, cada vez más alarmada, conjeturas y versiones que ella, con un desasosiego creciente, acogía como verídicas a pesar de ser consciente de que no poseían base alguna sobre la que sustentarse. Ella había estado allí. Cierto era que no había visto nada, pero había estado allí. Y empezó a considerar que aquellas conversaciones acerca del ahogado tenían como único fin el de proceder contra ella. El de hacerle saber que, aunque de manera imprecisa, los demás se habían enterado de su presencia en aquel lugar, de su posición privilegiada como testigo impotente y aterrado.

Un testigo culpable que había huido sin querer ver. Que no había llegado a presenciar cómo caía. Y que, sin embargo, a pesar de no haber visto cómo se despeñaba el cuerpo, inerme, golpeado por los saledizos y las rocas cortantes, a pesar de su voluntaria ceguera, había terminado sufriendo una conmoción brutal. Su capacidad para visualizar, para reconstruir mentalmente lo que no había querido contemplar, logró que su mente se poblara de horribles imágenes concebidas por ella, de representaciones pavorosas de lo que Sara creía que había ocurrido. Y, lo que era aún peor, que su inagotable tendencia hacia el remordimiento y la autorrecriminación la empujara hacia un abismo semejante a aquél por el que se había ido a despeñar el cuerpo que poblaba, invariablemente, sus más atroces pesadillas.

3

Los primeros días que Olivia pasó en la casa estuvieron presididos por la confección de innumerables listas trazadas en pedazos de papel que luego ella iba dejando por encima de cualquier mesa. En un salón, en alguno de los dormitorios... Apuntaba lo que tenían que comprar:

Pilas. Mantequilla. Pasta de dientes.

Estropajos. Zapatillas para el invierno.

Cada objeto anotado se hacía de pronto imprescindible. Un azucarero para no tener que servirse de los inmanejables paquetes de papel que provocaban, continuamente, que el azúcar cayera al suelo cada vez que se echaban su habitual cucharadita en sus habituales tazas de té; agua oxigenada; una escalera más alta; tiritas; bobinas de hilo y agujas. Harina...

Sus conversaciones solían ser poco trascendentes. Hablaban en voz baja y como sin desear hacerlo. Cuando se encontraban en uno de los pasillos, tal vez el más largo y estrecho de la casa, tan pobremente iluminado, después de su lacónico saludo —buenos días o buenas noches—, una podía comentar que había leído en el periódico que el Sistema Solar no pertenecía ya a la Vía Láctea, sino a otra galaxia mucho más pequeña que ni siquiera se podía ver desde la Tierra.

—¿Y esa minúscula galaxia en la que ahora nos sitúan posee su propio agujero negro?

—Seguramente. Sí... Seguramente.

Aquel seguramente resultaba terrorífico para ambas.

* * *

Olivia hablaba con su padre con frecuencia. Necesitaba repetir al teléfono las frases que le oía decir a Sara y las respuestas que ella misma daba ante esas frases, normalmente tan inconexas. Hablar con su padre era, para Olivia, una forma de escape, una carrera enloquecida que emprendía hacia la puerta principal de la casa con la intención de abrirla de par en par al llegar a ella y, sin ninguna vacilación, atravesarla con los brazos abiertos y los ojos ofrecidos al esplendor de la mañana. Para Olivia Fouquet resultaba esencial transmitirle a su padre:

—Hoy me ha dicho que tiene la impresión de que puede percibir la radiación cósmica de fondo.

—Qué interesante —murmuraba él.

O:

—Hoy me ha contado que hay gente que vive en un verano perpetuo.

—Desde luego, no es el caso de ninguno de nosotros tres —argumentaba el padre.

—Eso mismo he pensado yo —respondía Olivia, recordando tal vez el rostro de Sara, en ocasiones tan cansado y en ocasiones tan vivaz y resplandeciente—. Aunque no se lo he dicho, he pensado que hay gente incapaz de abandonar el invierno.

—Pero también en el invierno más oscuro se puede llegar a ser feliz…

—¿Tú crees?

El padre de Olivia contestaba con voz sincera y firme:

—Naturalmente, hija. No sólo lo creo. Lo sé.

4

El viento podía hacer que, durante semanas, el mar pareciera un territorio salvaje y desbaratado. Las olas no se sucedían con coherencia (una ola de espuma blanca tras otra ola idéntica de idéntica espuma e idéntico color), sino que su agua verdosa se extendía en anchurosas mesetas que se iban transformando en laderas de considerable inclinación, hasta quedar rotas, a intervalos, por los escarpados restos de la confusa amalgama de mar y pequeñas piedras que acababa de chocar contra la orilla y que ya se retiraba. El espectáculo podía parecer desconcertante si se arrastraba un estado de ánimo hipersensible. E hipersensible era, de continuo, el estado de ánimo de Sara.

—Tu padre fue mi mejor profesor. El hombre más sabio que he conocido en mi vida —decía mientras pretendía olvidar la persistente agresividad marina, su arrogante y escandalosa rudeza, caminando hacia el jardín—. Todo lo hermoso que puedas ver en este sitio lo sembró él. Los parterres, los setos, las plantas de flor. Todo. Ha sido el mejor jardinero que hemos tenido en esta casa. —Sara se agachó sobre una de las macetas y comenzó a retirar algunas hojas secas que estaban a punto de caer al suelo—. Tu padre conoce la tierra. Sabe cómo moldearla. Me informó de que este clima, la humedad constante, el aire salino, no son factores beneficiosos para según qué especies. Cuando me lo dijo, yo me eché a reír, porque estaba segura de que su comentario se refería más bien a mí, y no a ninguna especie vegetal. Yo le respondí que la tierra permite que las raíces de las plantas se fijen en ella pero que, igualmente, las raíces de las plantas fijan la tierra impidiendo que ésta se deslice hacia el mar hasta perderse en él por completo. Y, entonces, quien se echó a reír fue él.

Olivia permanecía en silencio, escuchando la dicción pausada de Sara, que seguía agachada sobre las plantas, ahora inmóvil y con las manos sobre las rodillas, sin retirar más hojas secas a punto de desprenderse y caer.

—Cuando me dijo que necesitabas un espacio tranquilo en el que poder descansar, le ofrecí mi casa de inmediato. Has de saber —prosiguió Sara con su tono uniformemente neutro, sin matices de generosidad en la voz, sin petulancia ni altivez— que puedes quedarte aquí todo el tiempo que consideres necesario. Semanas, meses. No debes preocuparte por nada. Ya has comprobado que vivo sola; no molestas a nadie. No hay nadie que vaya a protestar… Puedes incluso irte y regresar después, cuando lo juzgues oportuno. No debes pensar en mí. Únicamente debes pensar en ti, y en tu recuperación. Aquí podrás sosegarte y olvidar lo que sea que hayas venido a olvidar. Éste es un buen lugar para hacer algo así.

Sara se levantó y, sin añadir nada más, continuó con su paseo por el jardín.

Así que era eso...

Olivia comenzó a caminar detrás de ella, siguiendo sus pasos por entre las plantas que, con tanto cuidado, había seleccionado su padre para conseguir el efecto visual adecuado en cada rincón, en cada pausa entre árboles. Así que era eso lo que él le había dicho a Sara para que la permitiera entrar en su casa. Que necesitaba sosegarse y descansar. Que era Olivia quien, de las dos, estaba enferma.

—Gracias —murmuró—. Muchas gracias.

—No te preocupes. Ahora somos compañeras bajo el mismo techo. Y me da la impresión de que, en cierto modo, ambas estamos persiguiendo lo mismo.

Olivia sintió entonces cómo un rápido estremecimiento se apoderaba de su espalda. Le temblaban, de repente, las manos, e intentó detener la molesta incertidumbre que dicho temblor le causaba quitándose las gafas para limpiar las microscópicas gotitas de agua salada que el viento había adherido a sus cristales, impidiéndole una visión medianamente nítida.

—¿Ah, sí?

—Sí. Creo que, como todo el mundo, buscamos la felicidad. Aunque también en esto hemos de ser precavidas. Hay quien cree que la felicidad debilita.

Olivia la miró con sus ojos miopes, interrogantes, antes de ponerse de nuevo las gafas ya limpias.

—No me mires así. Sé de lo que estoy hablando.

Hace débiles a los hombres. La felicidad los incapacita para enfrentarse a cualquier revés inesperado.

—Quizá no debamos estar pensando sin cesar en la probabilidad de que esos reveses inesperados sucedan —comentó Olivia, recuperando poco a poco su tan imprescindible autodominio—. Tal vez la felicidad sea posible y tal vez no deba enfrentarse a ninguna clase de infortunio jamás.

—El infortunio llega invariablemente. Créeme —dijo Sara—. Hay que estar preparada... Llega.

—No deberías tener pensamientos tan oscuros.

Sara, en ese instante, giró la cabeza, y situó sus hermosos y casi siempre huidizos ojos sobre los de Olivia Fouquet. Su rostro, habitualmente pálido, parecía ahora demudado, y en sus labios entreabiertos, aparentemente dispuestos a continuar manifestando sus melancólicas ideas acerca de la felicidad y acerca del desastre, Olivia creyó adivinar un resto de tensa y mal controlada indignación.

—No debe de resultarte fácil —murmuró, efectivamente, Sara, con un deje de irritación en la voz.

—¿El qué?

—Tu padre me lo ha contado todo. Creo que es mejor que lo sepas.

Olivia permaneció inmóvil, mirando a Sara, a la espera de que ésta continuara hablando.

—Dice que crees que puedes hacer cosas por los demás... No debe de ser fácil vivir creyendo que se es capaz de algo así.

Olivia siguió en silencio, contemplando los vigilantes y hermosos ojos de Sara, que no renunciaban a su posición de superioridad.

Así que allí estaba el truco. La mentira. Así que aquello era lo que le había confesado su padre a la que había sido su mejor alumna en materia de jardines, a aquel cuerpo que, alargado y blanquecino, cada vez más arrogante, comenzaba a alejarse, a desaparecer, a abandonar la realidad (esa única realidad posible en el sosegado universo de Olivia), y a difuminarse ante ella como los aterrorizados rasgos del rostro de un ahogado se van difuminando penosamente bajo la presión del agua del mar.

Pasaron seis o siete días sin que Olivia hablara con su padre.

Sí mantuvo alguna conversación fugaz con Sara:

—¿Por qué parece que el sol se mueve más veloz cuando lo vemos ocultarse al atardecer, tras las montañas? Se disuelve. En cuestión de segundos.

—Un efecto óptico.

Pero no habló con su padre a pesar de lo mucho que se acordaba de él. Tenía algo tan fundamental que preguntarle que la sola idea de hacerlo la llenaba de una inquietud insoportable que lograba dejarla casi conmocionada. Aunque era consciente de que semejante conmoción provenía en mayor medida de imaginar la posible respuesta que él pudiera darle. ¿Y si la respuesta de su padre resultaba ser afirmativa? ¿Y si era cierto aquello de que no creía en ella? ¿Y si había estado todo ese tiempo fingiendo, pretendiendo estar de acuerdo, cuando lo que pensaba era, simplemente, que su hija se comportaba como un pobre ser enfermo, como una muchacha necesitada de ayuda y de reposo?

Olivia se llevaba los dedos a los ojos para presionarlos con fuerza, sin compasión, esperando poder dejar de percibir, de ese modo, el escenario de desconfianza y de espeluznante aislamiento que se había ido alzando, de forma tan inesperada, ante ella.

5

Sabía cómo había sucedido. Sabía que el desasosiego de Sara comenzó tras un breve paseo por el acantilado al que daban los balcones de la fachada posterior de su casa. No se trataba de un acantilado abrupto. Los padres de Sara y, antes, los abuelos de Sara, solían referirse a él como la Roca Niña, en clara contraposición a lo que conocían como la Roca Vieja, un formidable desnivel situado al otro extremo: una agresiva y pesada mole que parecía haber ido reuniendo sobre su desigual terreno todos los sacrificios y todas las lamentaciones que el género humano debía asumir por el hecho de haberse atrevido en algún momento a imaginar que podía dominar el océano y sus profundidades. Ambas rocas remataban la pequeña entrada de mar que se internaba en la tierra bajo la que ahora era la casa de Sara, permitiendo así la intermitente existencia de una playa de enormes piedras.

Sara paseaba, después de haber terminado su labor del día, por la Roca Niña. Eran poco más de las seis de la tarde, y el aire se había llenado de partículas de agua que flotaban sobre la superficie del mar tras el trueno de una nueva ola rompiendo contra la orilla. El viento retumbaba en sus oídos y agitaba su ropa y todo su cuerpo con una violencia feroz, inclemente. El estruendo era pavoroso.

No podía negar que le gustaba el viento. Le gustaba la incoherencia salvaje que traía con él y, esencialmente, su insólita capacidad para acallar, gracias a su rugido estridente, cualquier otro sonido. El áspero viento, el quejicoso y tiránico viento lograba internarla en un espacio de intimidad silenciosa, en el que tan sólo ella hablaba si deseaba hacerlo, y en el que cualquier intromisión ajena resultaba imposible.

Iba sumida en semejante nube de tranquilidad turbulenta, cuando observó algo inusual en la Roca Vieja. El aire olía a sal y, allí abajo, en la playa, dos o tres cabezas emergían de tanto en tanto por entre los repetidos vaivenes de las olas. Sara podía ver, además, desde su privilegiada situación sobre la elevada pero afable Roca Niña, cómo algunos cuerpos sentados en las piedras de la misma playa contemplaban, igual que ella en ese instante, el pausado ascenso y descenso, fluctuante, de las cabezas flotantes de los bañistas.

Entre esos bañistas oscilaban unas curiosas tablas estrechas de lo que parecía madera quebrada, restos de un naufragio antiguo, pero Sara regresó con la mirada de forma inmediata a aquello inusual que había advertido sin querer en lo más alto de la Roca Vieja. Volvió llena de asombro y de temor a la figura tambaleante que se diferenciaba con tanta nitidez de lo que era el mar y de lo que eran los riscos y de lo que era la terrible grieta que se abría entre ambos. Y, al regresar a aquella imagen inestable, levantó un solo brazo al principio, los dos a la vez muy poco después, alterada, como si intentara llamar la atención de aquel ser que no debía estar allí, azotado por un viento hostil e irracional, o como si pretendiera aferrarse a él sin concesiones, con la esperanza de llegar a impedir de ese modo lo que ya sabía (de alguna extraña manera, lo sabía) que iba a resultar inevitable.

—Le da miedo la luna. —Olivia finalmente telefoneó a su padre, y hablaba ahora de Sara con él como de costumbre, como si se tratara de un interesante problema, de una curiosa cuestión científica que resolver o de una planta enferma por exceso de riego a la que debían salvar de una inminente muerte por ahogamiento. Hablaban pausadamente, como siempre, sin llegar a plantear preguntas incómodas ni dudas amargas que pudieran dar lugar a respuestas paralizantes.

—¿La luna llena? —preguntó él.

—Creo que en todas sus fases. Incluso cuando no está. La oscuridad le da pánico. La paraliza.

—Eso es algo que le pasa a mucha gente.

Olivia permaneció un segundo en silencio, sin contestar a su padre de inmediato, y luego continuó:

—No sé si voy a poder ayudarla, papá.

—Sería tu primer fracaso, cariño.

—Lo sé…

Su primer fracaso. ¿Era aquello lo que creía su padre en realidad?

Había visto a Sara paseando por la Roca Vieja, absorta, mirando al vacío, y había llegado a la conclusión de que quizá en esta ocasión no iba a poder hacerlo. Quizá tuviera que irse de aquella casa sin haber alcanzado su objetivo, sin haber curado a Sara, sabiendo que, desde ese preciso instante, ella podría empezar a descansar.

6

—Cuando te cruzas por la calle con alguien que te resulta especialmente atractivo, tiendes a ensayar un gesto amable en el rostro. —Sara hablaba en voz muy baja. Se habían encontrado en uno de los pasillos de la casa, y se había dirigido a Olivia con una sonrisa en los labios, como si de verdad se alegrara de reunirse con ella y como si de verdad deseara comunicarle sus pensamientos—. Ensayas un gesto que también a ti te haga parecer atractiva. En cambio, si con quien te cruzas te parece normal, incluso desagradable, no haces nada, ningún esfuerzo, y mantienes la misma mirada de cansancio, de hambre o hastío que llevaras previamente impresa en la cara.

Olivia había visto cómo Sara paseaba sola y ensimismada por la Roca Vieja.

—Si eso fuera así —respondió—, creo que me resultaría mucho más cómodo encontrarme con gente fea a diario. Lo de tener que estar cambiando de expresión todo el tiempo me parece agotador. Y frívolo.

Sara se echó a reír.

—No es ni agotador ni frívolo. Se hace de forma inconsciente. Todos lo hacemos.

Olivia empezaba a cansarse de la pasmosa facilidad con que Sara decretaba lo que «todo el mundo hacía» basándose en sus propias conductas o consideraciones privadas. Conductas o consideraciones que con tanta simpleza ella pasaba a juzgar universales.

—Te equivocas. No todos hacemos lo mismo.

—Querida, te equivocas tú. Todo el mundo hace exactamente las mismas cosas.

Había contemplado el paso ausente de Sara por el feroz acantilado. Había visto cómo avanzaba en un movimiento inseguro, somnoliento, y, no obstante, se había mantenido imperturbable, en silencio, sin hacer nada. Porque, después de todo, ¿qué podía hacer? No iba a poder ayudarla. El tiempo pasaría, los meses se sucederían, las estaciones del año también, y la respuesta seguiría siendo la misma: Olivia no podía ayudar a Sara.

Así que, emitiendo un leve suspiro, extendió las dos manos hasta alcanzar con firmeza las de su compañera.

—Sí. Tal vez tengas razón —murmuró.

Había contemplado sus peligrosos pasos por la roca desierta, y había llegado a la conclusión de que en cuanto pudiera salir de aquel lugar, en cuanto lograra huir de la nefasta influencia de aquel otro ser que se creía más inteligente, más intuitivo, más privilegiado y más poderoso que ella, se recuperaría y volvería a ser capaz de ayudar a los pobres individuos con tendencia al naufragio.

—¿Razón? —Sara permitía que sus manos reposaran dóciles entre las de Olivia.

Volvería a hallar los remedios más eficaces para rescatar a los demás de su insoportable y estremecedor malestar.

—Sí. Creo que tienes razón —repitió Olivia, encantada ante el estupor que provocaba en Sara el que ella estuviera tan dispuesta a admitir y a compartir su personal percepción de la realidad—. Lo cierto es que todos hacemos lo mismo. ¿Subimos al tejado?

Avanzaron por el corredor hacia las escaleras y, una vez arriba, Olivia se preguntó si debía contarle lo que estaba pensando mientras miraba al cielo. Se preguntó si a Sara le interesaría escuchar que en aquel espacio infinito, inalcanzable e inabarcable, no existían vías trazadas para facilitar el desplazamiento humano, ni asentamientos periódicos adaptados para abastecer de oxígeno y alimento a cualquier ser. Allí, en la oscuridad completa, no existía el discernimiento. Ninguna inteligencia parecida a la suya. Tan sólo una acumulación estéril de materia a la deriva.

¿A Sara le gustaría escuchar todo aquello en ese momento?

—¿Por qué me miras así, querida, casi sin parpadear? —preguntó entonces una Sara radiante, que se dirigía a ella desplegando una sonrisa magnífica—. Cualquiera diría que pretendes hipnotizarme.

Olivia podría responder con relativa facilidad. Podría acercarse tan sólo un poco, no demasiado, y susurrar un breve y aclaratorio «no» junto a su cuello, junto a uno de esos finísimos mechones de pelo que le caían ondulantes por la cara, hacia los hombros. Podría moverse, situarse a su espalda como hacía algunas veces, con la misma suavidad con que elevaba un brazo hacia el cielo para indicar el lugar preciso por el que aparecería una luna hasta el momento oculta tras las nubes, sonreír con esa misma sonrisa de conformidad ante el desconcierto de Sara, ante ciertos estremecimientos de emoción que percibía en sus manos y en sus labios, y pronunciar un simple y explícito «no».

Pero no se movió.

No iba a estar con ella mucho tiempo. Sara volvería a quedarse sola en su inmensa casa de tres plantas más sótano y jardín sin que su herida hubiera sido desinfectada, sin que hubiera llegado a cicatrizar. Olivia, por tanto, había optado por mostrarse amable:

—Tienes una casa magnífica —fue todo lo que dijo.

Y, a continuación, pensó que Sara era una chica triste que paseaba sola y cabizbaja por la Roca Vieja, mirando al vacío. Una chica que podía pasar horas en una bañera llena de agua turbia, de una densidad casi sólida, semejante al vidrio. Si le sucediera algo cuando ella ya no estuviera, si en algún momento una de aquellas bañeras se desbordara y los vecinos de los alrededores tuvieran que entrar para rescatar su cuerpo sumergido, los comentarios sobre ella no se harían esperar: «Se notaba que esta pobre insensata no sabía lo que hacía». Y, mientras, recogerían los libros que, en torno a su cuerpo inanimado, habrían ido desplazándose lentamente, impulsados por las pequeñas corrientes formadas por los pasos de esos mismos vecinos que, con sus botas de agua, deambularían de un lado a otro con la pretensión de obtener una buena explicación, una respuesta lógica, para sus muchos interrogantes acerca del singular motivo que habría llevado a Sara a morir de esa manera.

«Era una muchacha guapa», repetirían. «Algo escuálida, pero guapa. Aunque no tenía la cabeza en su sitio. Si la hubiera tenido no se habría ahogado así, la pobre.»

Olivia no estaría allí cuando aquello sucediera. Tenía que comunicarle su decisión a su padre lo antes posible, y luego tenía que desaparecer... Cuando amaneciera. Guardaría unas cuantas cosas, las imprescindibles, en una mochila, y se ocultaría. Los vecinos no estarían al tanto de la relevancia de sus cuidados, y nadie podría dar explicación alguna acerca de su paradero. Así que, siempre con una diplomacia ejemplar y siempre con un gesto comprensivo en la cara, comenzó a considerar las posibles estrategias para escabullirse.

Si pudiera revelarle sus planes a Sara, le aseguraría que preferiría no tener que hacerlo. Le gustaba su casa y, en cierto modo, le gustaba estar con ella. Aquello era tan parecido a una casa de verdad… A un hogar. Sara había conseguido crear todo eso. Ese lugar recogido. Ese lugar íntimo… A veces tenía la impresión de que allí dentro había una familia. Aunque la imaginase a ella sola, aunque estuviese sola, Olivia tenía la impresión de que Sara y esa casa formaban una familia.

Si pudiera explicarse, le diría todo eso, aunque a la vez anticipaba ya la desconfianza y la dejadez de los últimos instantes que la pobre Sara tendría que soportar en aquel sitio, sin ella, inmersa una vez más en su renovada soledad.

Apoyó los codos en las rodillas y se dejó caer hacia delante para contemplar cómo sus dedos se unían y desunían en una especie de juego de precisión, simulando ser piezas que encajaban sin esfuerzo, como al azar, hasta formar el paisaje perfecto de un puzzle.

—Si estás enfadada puedes decírmelo —oyó.

Olivia bajó los ojos al suelo y no respondió.

Algunos curiosos llegarían a la conclusión de que aquella muchacha había sido incapaz de conquistar lo que los demás suelen obtener con relativa facilidad. Habría quien creyera que Sara no había podido conseguir que alguien agradable pasease a su lado o viviera con ella. Supondrían que era una chica triste, malcriada o, simplemente, insulsa. Y entenderían que hubiera deseado acabar con el alejamiento y el frío. El espanto. Por lo que tal vez no fuera necesario que Olivia Fouquet abandonase aquella casa arrastrando tras de sí la lamentable sensación de haber fracasado. Tal vez, después de todo, hubiera dado con un nuevo método, mucho más contundente, mucho más expeditivo, para suprimir el dolor de aquel que sufre; para terminar de una vez con la dañina y dramática agonía de aquel que se atormenta y que pierde, sin remedio, el equilibrio.

Flotar. Zambullirse. Y flotar.
Contemplar bajo el agua el destrozo
de unas manos arruinadas.
Largos dedos de piel macilenta, rugosa,
invadida por diez o doce estrellas de mar.
Escuchar. Sólo escuchar.
Conservar la inacción y conservar la fe.
Hablar cuando el silencio es lo único digno.
Abrir los ojos cuando se debe descansar.

¿Y este curioso olor a animal acuático?
El tiempo está blanco.
Elevar los brazos y asentir. Hielo de fondo.
Saber (bien) lo que es ansiar algo temblorosamente,
y no conseguirlo.

El viento del sol

Las rutas de Anne-Marie en busca del lugar perfecto podían coincidir en algún momento, pero eso no era lo normal. Lo normal era que tomara caminos muy diferentes para llegar hasta el rincón que reuniera las mejores condiciones para sacar el violín de su caja y empezar a tocar con un pequeño recipiente delante —podía ser un sombrero—, en el que recoger las monedas.

Nunca se situaba en el mismo sitio porque había estado a punto de perder su violín para siempre en el país del que había salido sólo tres días antes para, desde allí, llegar a Portugal. Con un tono no demasiado amable y en un inglés bastante malo, le dijeron que hiciera el favor de largarse a tocar a otra calle o, mejor aún, a otra ciudad, y eso fue exactamente lo que hizo. Dejó atrás casas salpicadas a ambos lados de la carretera, con las luces encendidas y las persianas medio bajadas. Hombres y mujeres viendo la televisión, cenando, dejando pasar el tiempo hasta quedarse dormidos en el sofá... Y ahora se perdía por las estrechas y húmedas calles de Oporto, en busca de cualquier lugar apropiado en el que poder apostarse y, después de un breve instante, empezar a tocar. Recorría los jardines, subía y bajaba las escalinatas, y atravesaba las plazas con la mirada siempre puesta en la localización de algún rasgo peculiar que le sirviera para identificar con cierta exactitud las tiendas, los restaurantes o los monumentos que iba dejando atrás. Aquélla era la mejor manera de evitar futuras confusiones. Debía reconocer los lugares en los que ya había estado y en los que no debía volver a tocar jamás.

Al principio todos los barrios parecían el mismo, todos los edificios resultaban similares, y cada sombra era idéntica a la anterior. Pero, con el tiempo, se iría acostumbrando a definir las características particulares de cada zona, las diferencias de cada ángulo y la inclinación de cada cuesta.

Estornudó. Era verano, pero Oporto es una ciudad húmeda. El río la inunda y la enmohece. Anne-Marie recordaba en la piel el frío de Polonia, seco, completo, que también, muy a menudo, hacía que estornudara. Se pasó un dedo por el borde de la nariz y razonó de nuevo, una vez más, que aquel verano por el sur de Europa, la Europa cálida, con su violín bajo el brazo, no era lo que había imaginado. No estaba resultando ni didáctico ni interesante. En ocasiones ni siquiera parecía auténtico. A veces la realidad no se le presentaba de forma muy coherente y no veía mucha relación entre los comportamientos y los ambientes... En cualquier caso, no regresaría a Polonia hasta mediados de septiembre y entonces, a la vuelta, seguramente todo aquello, con la distancia, le parecería irrepetible, tierno y entrañable. En septiembre regresaría a casa y volvería a la rutina. A las conversaciones con su madre, que se acercaría a ella e, invariablemente, preguntaría:

—¿Qué tal hoy en la universidad, cariño?

—Igual que ayer, mamá.

—¿Todo bien? —insistiría su madre, intentando mirar a su hija a los ojos.

Y ella apartaría la cabeza.

—Perfectamente.

—Hija... Te pasa algo. Lo sé. ¿Por qué no me lo cuentas? Sé que te pasa algo y no me gusta. No quiero verte así.

—Mejor hablamos de otra cosa, ¿de acuerdo?

Sería entonces cuando la nostalgia, con todas sus armas, atacara el conjunto de lo pasado, y las líneas defensivas de Anne-Marie resultarían inútiles, debilitadas desde la raíz. Los recuerdos del verano nómada serían tan implacables como destructores, arrancarían toda certeza de lo vivido para dejarlo limpio, puro, y eliminarían cualquier aspecto desagradable o peligroso, presentando una imagen de completa armonía y de un entorno perfecto. Sería en ese momento cuando apareciera la inevitable sensación de no haber sabido aprovechar los placeres que el viaje pudo haber ofrecido, y cuando cierto desconsuelo se asentara, durante algún tiempo, en sus actos y en su ánimo.

Pero eso sería en septiembre. Hasta entonces seguiría acordándose de las notas múltiples que repercutían por los callejones de la ciudad de Polonia que había dejado hacía dos meses, en junio, a principios del verano europeo, cuando creyó que había llegado el momento de viajar, observar y permitir que esas notas sonaran por callejones distintos, más lejanos. Hasta entonces tendría ante sí una perspectiva tan imponente como, en ocasiones, indeseable: Oporto, Lisboa, Roma, tal vez... Cuando todo hubiera terminado, Polonia sería, una vez más, el lugar monótono y hasta aborrecido de siempre. Y Oporto, desde la distancia, con todos sus puentes y todas sus torres, la cima del arte.

Volvió a estornudar. Algunas parejas se tomaban de la mano al pasear por delante de ella o al sentarse debajo de alguna sombrilla en las terrazas que los dueños de los bares colocaban a la orilla del río. Caminaba sin rumbo, mirando cómo una mujer bajaba los escalones de una casa encalada y cómo otra saludaba con la cabeza desde un banco de piedra. Ambas iban vestidas de negro. Ambas tenían el rostro arrugado y la piel oscura. Ambas sentirían la humedad del Duero en los huesos. Se cambió el violín de brazo y se acercó a una fuente. Bebió. El agua refrescó su cara y sus manos al instante, y, al erguirse de nuevo, reparó en que, de repente, no reconocía el paisaje que se abría a su alrededor. Cerró los puños con fuerza y supo que estaba demasiado cansada. De albergar deseos mediocres; de la intensidad de su propio desfallecimiento; de su sonrisa, que no era la sonrisa de la felicidad espontánea. ¿Alguien iba a dedicarse alguna vez a escuchar lo que ella pudiera interpretar? ¿Esperaba que alguien real fuese a hablar con ella, en voz baja, pronunciando sólo frases inteligentes? ¿Hasta qué punto podía desear que la gente se fijase en ella y escuchase con atención lo que tenía que contar con su violín?

Había llegado a la puerta de una iglesia. Pocos lugares eran tan buenos como aquél para ponerse a tocar. Estaba en la iglesia de San Antonio y, por el momento, allí sólo había un hombre sentado en el umbral, con la mano extendida. Pero sabía que pronto llegaría alguien más. Asomó la cabeza, y al principio no pudo ver nada a causa de la profunda oscuridad del interior. Vaciló un instante, pero finalmente se decidió a entrar. Lo primero que sintió fue el repentino frescor de las piedras, la autoridad del fuerte olor y el silencio ancestral y eterno. Con sólo sacar el violín y comenzar a hacer vibrar sus cuerdas, ella podría romper ese silencio perpetuo. Podría hacer que en aquel lugar donde sólo se oían rezos, murmullos y expresiones lentas, de repente, sonara la melodía osada, casi irreverente, de su violín. Pero, por supuesto, no lo haría. Había una mujer en el primer banco, arrodillada y reclinada sobre las dos manos unidas para la oración.

Anne-Marie permaneció un segundo de pie, observándola. Luego se acercó, se arrodilló como ella, con la misma postración, en el banco posterior, y, dejando el violín sobre el asiento, a su lado, se echó a llorar.

El máximo pesar está cerca de casa.
Cuando la luz se eleva
y el coro de campanas anuncia
un día de fiesta.
Las puertas se abren y las puertas se cierran.
En el lugar del frío. Donde oímos la canción primera
que habla de niñas y barcas.

Curvas y curvas… La culpa cumple su tarea.
Por territorios en los que no hay favor.
La dulzura se repliega, infértil.
E inconcebible, la calma.

El dolor ocurre.
Y, cuando ocurre, el dolor viene —siempre—
acompañado.

EL INFINITO VERDE

Corrían las dos tomadas de la mano. Iban a ver el cadáver del loco con los dientes rotos que el padre de su amiga había encontrado la tarde anterior, y corrían entre los charcos, las zarzas, las ramas caídas, la hierba, las flores y las enormes piedras. Tenían prisa porque era tarde, la noche se les iba a echar encima. Así que su amiga iba delante, abriendo el camino, y Sofía se dejaba guiar. Era su amiga quien sabía dónde estaba el cadáver. Su padre se lo había descrito a ella y, por tanto, debía ser ella quien corriera rompiendo las ramas con los pies, haciendo un surco con el cuerpo, dejando un rastro tras de sí al pasar... Sofía iba detrás y a veces se reía.

Las dos respiraban una humedad constante, y cada vez que abrían la boca una nube de vaho aleteaba a su alrededor hasta desaparecer disuelta en el aire. El frío se enroscaba en sus gargantas, apretando con fuerza, y su amiga decía «ya llegamos» cada diez pasos. Sofía se reía diciendo que no llegaban nunca, y entonces la otra chica tiraba más de su mano y repetía: «Ya llegamos».

El verde las rodeaba, el verde limitaba sus movimientos, el verde no permitía ver qué había más allá, el verde ahogaba y no llegaban a su destino nunca. Sofía preguntó que por qué no se daban la vuelta.

—¡Porque no! Porque ya estamos cerca y sería ridículo abandonar ahora. Veremos al muerto, y luego se lo contaremos a las demás.

—Se hace de noche.

—¿Es que quieres que todo el mundo se ría de nosotras? —preguntó casi gritando su amiga, mientras soltaba su mano con violencia.

—No...

—¡Pues entonces vamos!

Y siguieron caminando con más decisión aunque también con menos fuerzas. El frío era cada vez más intenso, como eran más intensos los ecos producidos por los animales. Llevaban los pies empapados porque el verde no dejaba ver el suelo, el verde ocultaba los charcos, y las dos caían en ellos pensando inocentemente que todo lo que había bajo sus zapatos era tierra. Pero lo cierto era que aquel verde dominaba el recorrido.

—Tiene que ser por aquí —dijo su amiga en voz baja.

Y Sofía no se atrevió a repetir que deberían volver a casa. De todas formas, ya era casi de noche y el camino aparecería igualmente oscuro.

—No puede quedar lejos…

Eran dos excursionistas en busca de la representación fascinante que suponía un desenlace trágico. *No puede quedar lejos…* Las palabras de su amiga se fueron perdiendo en la distancia verde y, de pronto, Sofía advirtió que había dejado de oír su voz y que todo lo que podía percibir era el sonido de unas pisadas que se alejaban corriendo.

La llamó, gritó, pero no obtuvo respuesta. Tan sólo el rumor de los pasos de su amiga que, cada vez más remoto, se unía a los demás ruidos de la noche, y que pronto se disiparía también, dejándola sola allí, en el centro del verde, rodeada de una aspereza húmeda y asfixiante, limitada por un verde que impedía pensar con claridad.

Repitió su nombre, esta vez en voz baja, y le pareció que la maleza se estremecía ante aquel sonido extraño, así que no volvió a hablar. Intentó avanzar en la dirección que llevaban las dos, pero decidió de inmediato que lo mejor sería darse la vuelta y emprender el camino de regreso. Sin embargo, no supo por dónde debía ir. El espacio abierto unos momentos antes había desaparecido. El bosque se había regenerado: había reconstruido en un segundo los desperfectos que ambas habían ocasionado. Tan sólo el verde que ella pisaba continuaba modificado, aunque se trataba de un espacio muy reducido. Cada vez más reducido… Todo palpitaba a su lado en una transformación inagotable, y únicamente ella creía mantenerse quieta e idéntica.

Lo demás no cesaba. Todo evolucionaba en un fluir de vida y de destrucción, mientras Sofía permanecía cercada por el verde, en el interior de un reino que truncaba cualquier percepción de lo que sucedía en el exterior. Sólo podía reconocer el sonido del viento entre las ramas de los árboles y el chapoteo de algún anfibio que nadaba, en círculos, junto a sus pies.

Debía pensar con tranquilidad. Debía considerar qué hacer, hacia dónde moverse, cómo encontrar a su amiga. Pero le iba a resultar muy difícil, ya que algo extraño estaba sucediendo. El espacio había comenzado a establecer sus verdes vallas en torno a ella, y, además, no era un animal deslizándose bajo el agua lo que producía aquel chapoteo que escuchaba continuamente, lo que le causaba aquel curioso cosquilleo en los pies... No supo cómo había comenzado el proceso pero, más tarde, cuando ya resultaba imposible intentar siquiera hacer algo, cuando se miró las piernas y luego fue bajando los ojos hasta llegar a los pies, comprendió que ya no tenía pies y que unas curiosas prolongaciones con pelillos flotantes habían surgido directamente de sus talones. Le habían crecido raíces.

Que absorberían las materias necesarias para su crecimiento y desarrollo, y que le servirían de sostén.

Al darse cuenta de lo ocurrido, se sorprendió imaginando lo que podría suceder si una tarde, cuando estuviera casi anocheciendo y la luz empezase a confundirse con las sombras, dos chicas tomadas de la mano se aventuraran a pasar por allí, corriendo, en busca de los restos de aquella otra chica que se había perdido al querer encontrar el cadáver de un loco con los dientes rotos del que había oído hablar. Sintió pánico al imaginar los pies veloces de aquellas dos amigas, pisoteando, arrasando, destrozándolo todo. Le aterraba que pudieran pasar sobre ella y que ella, a causa de su origen diferente, a causa de su extracción no vegetal, careciera de la capacidad intrínseca de recuperación que advertía a su alrededor. Intuía un líquido extraño, de color indefinido, saliendo de su quebrada forma. Un color que no sería del todo rojo y que, tal vez, pudiera comenzar a ser verde. Verde como aquel universo salvaje y hambriento del que ya, sin remedio, formaba parte.

¿Y si fuera capaz de hallar
la balsámica imperturbabilidad del anochecer
en sus inquietos ojos de rastreador?

¿Y si se me entregara el talento preciso para convertirme
     en un ser diferente?

Lamentaría (tanto) no peregrinar,
no contemplar verdes extensiones desde una bicicleta
     fugaz,
no charlar con un olvidadizo arqueólogo
precisando que *lo más sano, lo más educado también,*
sería dejar de alborotarlo todo.

¿Y si sonrío cuando no debo hacerlo y lloro cuando es
     imposible llorar?
¿Y si ya sé lo que se cree que no debo saber?

El fumigador

I

A su nodriza le gustaba encender el farol del saledizo de la entrada y dejar que luciera durante toda la noche. Así los seres que no pertenecieran a su hogar sabrían que allí vivía gente, que la casa estaba ocupada. Sólo así los villanos se mantendrían lejos de ella y de su pequeño, y sólo así podrían estar verdaderamente a salvo.

«Soy una mujer que se defiende», decía. «No puedo entender qué clase de mujer es aquella que no lo hace.»

La voz de su nodriza envolvía cada uno de los actos de Darío, cada pensamiento, cada intención. A veces, sólo por prestar atención a las curiosas inflexiones de su voz, descubría que se hallaba en un estado de exaltación tal que podría salir corriendo, con los brazos extendidos a ambos lados del cuerpo, y saltar y reír sin parar. Él la miraba con los ojos muy abiertos, con las manos juntas y recogidas sobre el pantalón corto de color azul, deseando que comenzara a contarle, una vez más, la historia de los pozos vacíos, la historia de la mujer hermosa que le pidió un favor a la mujer solitaria, la historia de la golondrina que había perdido un pequeño huevo desde las alturas de su vuelo, o la historia del hielo que se derritió en el tren. Su nodriza se preguntaba entonces, con una sonrisa extraordinaria, resplandeciente, que cómo podía ser que su niño fuera tan curioso. Y él se echaba a reír. Ella le preguntaba por aquello que conseguía que se despertase su capacidad de sorpresa de esa manera tan feroz y que entonces, irremediablemente, comenzase a vagar por su habitación en busca de una respuesta. ¿Por qué no podía quedarse sentado en la parte más cómoda de su cama, leyendo un libro, repitiendo los fragmentos de esos cuentos que sabía de memoria, imaginando la cara de su nodriza, evocando la voz de su nodriza? ¿Por qué tenía que ser tan curioso y salir al pasillo de puntillas, sin hacer ruido, para aproximarse al borde de las escaleras y avanzar hacia los escalones que descienden y descienden hasta captar una conversación de adultos que él no iba a entender y que él no debía escuchar? ¿Es que no podía detenerse un instante? Un breve instante para que su nodriza pudiera descansar. Porque ella sabía que el cansancio existe. Lo sabía. Esa debilidad infinita sobre los dedos, sobre los hombros y en la parte superior de la cabeza. Sabía lo que es el cansancio. Sí. Sabía lo que era desear una pausa más que cualquier otra cosa en el mundo. Por eso, a veces, no podía sobrellevar tan bien como quisiera la carga de proteger constantemente a un niño que corría veloz hacia los últimos rincones de la casa y que, una vez allí, empezaba a reír a carcajadas, haciendo que todo se volviera de repente mucho más agotador.

Cuando el pequeño Darío se sentaba a sus pies, ella le hablaba en susurros, iluminada al anochecer por la luz de aquel farol, para explicarle que, aunque nadie se hubiera dado cuenta aún, él poseía una elegancia extraordinaria, casi instintiva. Una elegancia que no terminaba de casar con el bosque en que vivían ni con la manera tan desordenada de vestir que había exhibido su padre ni con la dejadez con la que a veces ese mismo padre había decidido comportarse. Su nodriza decía que su niño sabría cómo ser extremadamente amable y sabría también cómo llegar a ser extremadamente rico.

Por las mañanas, al amanecer, el marido de su nodriza bajaba las escaleras y apagaba la luz del farol. Era de día y, por tanto, los que vivían fuera de su casa ya no se atreverían a acercarse a ellos.

2

Había tenido suerte y debía ser consciente de ello. Si no tuviera en cuenta a todas horas, todos los días, lo increíblemente afortunado que era, estaría cometiendo un descabellado acto de ingratitud. Y Darío no podía ser ingrato. Debía, al contrario, dar gracias. Había crecido entre prolongados atardeceres, durante los que un dilatado incendio parecía reflejarse en la zona visible de las nubes, y debía sentirse agradecido por ello. Había dormido acunado por la voz de su nodriza que le repetía incesante, una y otra vez, que allí, en el seno del bosque, podían encontrar lo mismo que hallarían en cualquier otro rincón del planeta. En China o en Australia. Las montañas, el cielo, las corrientes de agua, los vientos... Todo era idéntico. No había nada especial. Y tampoco había nada extraordinario en el comportamiento humano. Siempre se trataba de lo mismo: amor, ambición, cobardía, ilusión, desprecio, impaciencia... Y, por recibir semejantes enseñanzas, debía sentirse agradecido. Su nodriza había construido para él, de un modo asombroso, una casa con la disposición adecuada para que no sintiera miedo. Jamás. Ante nada. Y, también por ello, debía saberse el ser más privilegiado del mundo.

El niño, pensaron sus cuidadores desde el principio, tenía que acostumbrarse a las sombras, a la visión de la profundidad, a las súbitas apariciones de criaturas hasta entonces desconocidas, y decidieron que su habitación sería de cristal. Nadie tiene miedo a lo que conoce, reflexionaron. Sólo lo que no se ve, lo extraño, asusta y paraliza. De modo que la habitación del niño no tendría más paredes opacas que las que daban al interior de la casa. Las que mostraban el exterior serían transparentes y, de esa forma, Darío creció con la presencia de perros abandonados que merodeaban alrededor de la casa en busca de las sobras de la cena. Creció acompañado de los brillos melancólicos de algunos insectos y de los vuelos repentinos de las aves de presa. Aprendió a ver más allá de la negrura profunda de las noches sin luna y prestó atención a los cambios de los contornos y de los aromas del paisaje producidos por la impasible sucesión de las estaciones. Los árboles del bosque, las mínimas variaciones en el horizonte, las ofrendas de la perfección momentánea que parece querer despertarse un instante para morir al siguiente quedaron retenidos como chispazos de felicidad entre los vericuetos de su memoria y, aunque realmente no pudiera explicarlo con palabras ni con imágenes ni con movimientos gestuales de su insólito cuerpo, sabía que debía dar gracias, al igual que sabía que los distintos tramos del tronco de un árbol lo van elevando hacia el infinito.

Sus defensores habían conseguido huir para protegerle, y ahora vivían los tres escondidos, a salvo.

3

Al lado de la puerta de madera que conducía al interior, bajo un gran árbol, había una mesita blanca de hierro rodeada de sillas del mismo color, y, aunque quedaran restos de lluvia y de hojas caídas sobre ellas, Darío y su nodriza solían sentarse allí para hablar, durante horas, de la cuestión que les había obligado a huir.

—Todos tenemos una imagen errónea de nosotros mismos. A veces se trata de una imagen idealizada y a veces de una imagen catastrófica. —Su nodriza sonreía—. Yo estaba convencida de que era guapa hasta que una tarde comprendí que no lo era.

—¿Se puede *comprender* algo así de repente?

—Sí. Claro que se puede. Y, al comprenderlo, me transformé. No físicamente, desde luego, porque dejé de ocuparme de eso. Me transformé a la hora de hacer cosas o no hacerlas. Modifiqué mi conducta, dejé de sonreír. Dejé, casi, de hablar. Y, por supuesto, dejé de agradar. O, al menos, dejé de intentarlo. Decidí que, ya que no era lo que yo creía ser, ya que mi aspecto externo no tenía nada que ver con lo que yo imaginaba, podía comportarme con absoluta libertad. Ya no tenía que someterme a la tiranía de una imagen ideal que mantener porque ya no había ninguna imagen ideal.

—Yo no quiero desilusionar a la gente.

—Lo sé —decía ella poniéndose los dedos fríos y húmedos sobre los ojos—. Y para que no tuvieras que asustar a nadie te trajimos aquí.

Asustar… Él no había hablado de *asustar*. Pero sabía que su cuerpo irregular y sus carencias habrían logrado que los demás, los seres hermosos y los seres comunes, se levantaran de donde fuera que se hallaran y salieran corriendo para ponerse de cara a la pared y no ver más.

No percibir el desorden. No contemplar las frágiles extensiones de su espalda elevadas hacia el cielo ni la corta sonrisa de sus labios.

«¿Sabes lo que es el equilibrio? ¿La armonía? Pues para los demás, querido niño mío, tú no posees ninguna de las dos cosas», le había dicho su nodriza en una ocasión. «Creen que te falta proporción. Calma. Para ellos no estás en paz con el universo.» Se sentaba en los escalones y estiraba un brazo para deslizar los dedos por el pasamanos de las escaleras interiores.

Darío recordaba que aquel día ella llevaba un vestido azul perfectamente limpio que se había ceñido con un cordón también azul, como si pretendiera señalar las líneas de una cintura que quizá en el pasado había llegado a ser estrecha.

«No necesitas darme ninguna explicación», había respondido él, avanzando por el pasillo hacia su habitación.

«Pero el universo puede ser tan dulce. Tan dulce…», insistía su nodriza mientras Darío pensaba únicamente en la posibilidad de darse un largo baño; en la delicia de quedarse en silencio y sentir cómo el agua resbalaba como un extenso velo por el estómago hasta las piernas, dejando una sensación de mansedumbre y delicadeza en sus músculos y en sus párpados.

—Me siento muy orgulloso de vosotros.

—¿Orgulloso? —repetía ella como si no pudiera creer que Darío hubiera elegido realmente aquella palabra—. ¿Orgulloso?

Y luego, tal vez, podía proceder a hablarle de esa elegancia extraordinaria, casi instintiva, que él poseía aunque nadie se hubiera dado cuenta aún.

4

Oyó hablar por primera vez de los fumigadores una mañana de octubre.

Septiembre había pasado sin apenas ser advertido, y el otoño se instaló en la casa con la muerte de un enorme insecto. Darío se agachó para observar cómo aquel extraordinario y aún perfecto organismo de color marrón, segmentado y con forma de tubo, se estrechaba desde el origen, en la cabeza, hasta su conclusión en un breve apéndice triangular. Las alas, dos frágiles y pálidas láminas salpicadas de fugitivas sombras rojizas, cubrían, protectoras, toda su extensión. Debía de haber muerto aquella misma mañana y ahora estaba inmóvil, hundido en el barro con las patas tendidas inútilmente hacia el cielo, como si pretendiera demostrar que éstas aún mantenían cierta fortaleza en su rigidez y que aún podrían mantenerle erguido en algún momento.

Darío se sentó en el suelo, se inclinó un poco más, y contempló los ojos negros del insecto, apagados, a ambos lados de la cabeza, y su perfil de aspecto afelpado. Estaba seguro de que, si se atreviera a tocarlo, hallaría cierta suavidad en el tacto de aquel ser inanimado que no era demasiado hermoso y que parecía dispuesto a mover una de sus antenas y echar a volar o, al menos, empezar a alejarse de una partida de diminutas hormigas que comenzaban a desplegar su frenética actividad en torno a él. Pensó que debía coger con la punta de los dedos una de las alas de aquel pobre cuerpo y llevárselo de allí. Evitar la descomposición. El desmembramiento. Así que extendió una mano y lo desplazó ligeramente de lugar, provocando la consiguiente alteración en la marcha de las hormigas, que comprendieron de repente que allí, sobre ellas, había alguien más. Alguien que sabía que, lo depositara donde lo depositara, bajo la lluvia o a cubierto, en un árbol o sobre la parte más elevada de la piedra más elevada, aquel insecto terminaría desapareciendo, devorado por otras criaturas que, con el frío del otoño y con la progresiva escasez de luz, se irían haciendo más y más lentas. Cada vez más invisibles. Pero, no obstante, allí seguían, dispuestas a proceder con sus obligaciones diarias consistentes en hallar su sustento.

No iba a pensar en sí mismo como futuro alimento para innumerables seres subterráneos. No iba a imaginar la oscuridad completa ni la inmovilidad absoluta ni iba a avivar el pánico a lo irreversible. No iba a activar el terror que le provocaba el final, el terror de saberse un individuo mortal. Pero tampoco iba a quedarse inconmovible ante la desolación. Con lo que, en cierto modo, al apartar al insecto intervino en el juego de creación y ruina propio de la tierra, y desvió, sólo en cierto modo, el curso de lo que tenía que suceder y que, como ya sabía, sucedería de todas maneras. Tal y como los hombres estaban tan acostumbrados a hacer, también Darío se entrometió para entorpecer el normal desarrollo de las pautas de la naturaleza.

—Lo que han hecho con ese bicho es lo que querían hacer contigo —oyó.

Sin que él lo hubiera advertido, su nodriza había estado observando la escena en silencio.

—¿Destruirme?

—Es lo que hacen nuestros semejantes con los seres que consideran peligrosos y cuya peculiar belleza no entienden. Si nos hubiéramos quedado en la ciudad habrían ido a buscarte. Y, a continuación —sonrió su nodriza—, habrían llamado al fumigador. Pobre… Pobrecito mío.

Le buscarían.

—Pero… Aquí no vendrán, ¿verdad? Aquí estamos seguros.

—Aquí no vendrán —corroboró su nodriza—. No se acercarán mientras crean que esta casa está habitada únicamente por seres convencionales que encienden los farolillos por la noche para alejar a las alimañas y a los individuos indeseables que habitan los bosques. No, cielo… Aquí no vendrán.

5

Los insectos desaparecen en otoño.

En otoño caen las hojas de los árboles y, sobre el suelo, forman extensas y tupidas alfombras de tonos ocres. Hojas alargadas y planas... Es entonces cuando se eclipsan los juegos y las risas. El otoño es la época del oscurecimiento paulatino de la alegría, y los monstruos del otoño suelen ser los más malvados, los más deformes e incontrolables. Actúan a su antojo, sin control por parte de sus pobres víctimas somnolientas y desorientadas. No se aplacan con pastillas de colores ni con baños tibios ni con viajes al Este ni con horas y horas de exposición a la luz, y aquel que hubiera engendrado un monstruo de otoño sabría que no existen remedios eficaces ni promesas duraderas.

Pero también es en otoño, en determinados momentos del día, cuando hasta la planta más pequeña puede arrojar una sombra prolongada y armoniosa sobre el suelo.

6

Darío había nacido en otoño, y el día de su cumpleaños meditó largamente antes de hacer la pregunta. Su nodriza leía un libro sobre mitología romana, y él advertía, mientras se debatía entre seguir con su vehemente empeño de formular en voz alta su perpetua aprensión y no hacerlo, cómo la debilidad se asentaba de nuevo en sus ojos, dejándolos tan frágiles que parecían llenarse de arena con cualquier esfuerzo. A veces, cuando la piel que los rodeaba se hacía casi transparente y dos gruesas líneas negras descendían por el borde inferior de sus párpados dando a su cara un aspecto de profunda desdicha, querría poder hablar y caminar con ellos cerrados.

—¿Qué es lo que me hace tan diferente? —se atrevió a plantear al fin—. ¿Por qué hemos de huir y por qué hemos de escondernos?

—Ya lo sabes. —Su nodriza no levantó la mirada de las páginas de su libro—. Los fumigadores.

—Sí… Pero ¿por qué? ¿Por qué yo?

—Querido, siempre has sido demasiado inquisitivo —oyó que decía ella después de unos minutos—. Siempre dejándote llevar por esa perniciosa curiosidad que te hace buscar y buscar y querer saberlo todo. Estar en tres sitios a la vez.

—¿No deberíamos hablar?

—A veces es mejor no hablar de las cosas y dejar que todo continúe tal cual. Si nos explicamos, si empezamos a racionalizarlo todo… —Ella le miró con un resto de desconfianza en los ojos—. Está bien —murmuró—. ¿Qué quieres saber?

—¿Por qué yo?

—Verás, cariño —empezó su nodriza—. Ya te he contado alguna vez que tu madre fue una mujer sensible y frágil. —Se detuvo un instante y tomó aire. Luego continuó—: Una mañana, pocos días después de que tú nacieras, amaneció con los ojos abiertos, mirando al cielo reducido del techo blanco, y fue entonces cuando tu padre creyó volverse loco. Supongo que no pudo soportar la evidencia del vacío. Supongo que sentiría una piedad infinita por sí mismo y por ti, el bebé inacabado que ella dejó y que ya no sería de ella jamás.

A veces Darío creía estar muerto. A veces, cuando oía cómo su nodriza le hablaba de sus orígenes, del inicio de su propia vida, advertía cómo llegaba la oscuridad, cómo crecía hacia la totalidad, y cómo, mientras, un inminente desmayo se desarrollaba autónomo, indiferente a lo que él pudiera exigir o desear.

—Y, ¿entonces?

—Si supieras cómo fue… Si lo supieras… Yo nunca tuve hijos y tú estabas solo, y yo no podía pensar en otra cosa. Simplemente, no podía. Soñaba con una casa apartada en la que crear mi propia familia. Una familia mía…

Tendido en el suelo, caía en un pozo abismal en el que no existían ni el dolor ni el frío ni los ecos de su propia respiración ni los temblores recorriendo sus indefensos y extenuados brazos. Quedaba inconsciente y, dentro de aquel pozo, dejaba de existir.

—… Así que te trajimos para cuidarte. Para que estuvieras con nosotros. Para protegerte del mundo exterior, tan terrible y lleno de catástrofes. Aquí encerrados no vemos a nadie. Y nadie nos ve a nosotros. De ese modo no tenemos que preocuparnos por lo que puedan pensar los demás. Omitimos las consecuencias omitiendo los riesgos, evitando tropiezos...

Procuraba no mostrar ningún signo externo que delatara lo que le estaba sucediendo. Ni llamadas de socorro ni protestas airadas ni lágrimas que, suaves, fueran empapándole la cara y, a la vez, debilitándole aún más.

—... Al principio podía pasar horas contemplando cada uno de tus avances, sin permitir que el caos se apoderara de ti. Organicé tus comidas, curé tus labios agrietados, evité que movieras los pies sin cesar... Hasta que comenzaste a comportarte con cierta calma. Si supieras todo lo que hemos hecho por ti...

—Lo sé.

—¿Lo sabes? ¿De verdad eres consciente de que, de algún modo, viniste a desbaratarlo todo? Antes, ciertas cosas eran sólo mías. La tranquilidad, mis certezas... Pero ahora no puedo pensar en nada que no seas tú. Tú y tu seguridad. Tú y tu dichosa curiosidad. Tú y la posibilidad de que te marches cualquier día.

—Yo no me iré —susurró él—. Nunca.

—Eso no depende de ti, niño mío.

Los dedos paralizados, y los pies. Sus pies... Aquellos objetos distantes y anónimos que se alejaban de sus rodillas, de sus hombros, hasta deshacerse y caer por el precipicio del pasillo para entrar en el salón y, una vez allí, seguir inalterables, ajenos. Sólo permanecían sólidas las palabras de su nodriza que, adoptando un tono neutro, decían:

«Con todo lo que hemos sacrificado por ti, niño mío, eso no depende de ti».

Darío comprendía que, con una frase como aquélla, lo que ella pretendía era darle a entender que la decisión estaba tomada. Sin embargo, no debía asombrarse. Debía olvidar. Abrir los ojos de nuevo, dejar que la intensidad de la luz regresara hasta hacerse casi insoportable, levantarse lentamente, y olvidar.

Él sabía lo que era depender demasiado de alguien, y sabía que esa ofuscación existía y que no era buena porque hacía que algunas noches llorara cuando, sin quererlo, imaginaba que su nodriza podía caerse, enflaquecer y morir. Notaba en ese momento el calor de las lágrimas descendiendo hacia la almohada, y seguía llorando al llegar a la conclusión de que, si eso sucediera, se quedaría solo. ¿Y quién cuidaría de él entonces?

Pero no debía preocuparse. Crecería, aprendería más cosas, mejoraría, seguiría escuchando que la armonía, el aseo y la inteligencia eran los tres pilares sobre los que debía asentarse la formación de un muchacho bien educado que se convertiría con el tiempo en un hombre bien educado, y empezaría a comprender que, en realidad, las más terribles aberraciones anidan en el interior de los demás, en lo más indescifrable del voraz y sórdido comportamiento de los individuos que nos preparan un nutrido desayuno al amanecer, que se sientan a comer con nosotros y que por la noche nos arropan con ternura y dedicación. Recordaría que sólo los seres débiles se vienen abajo y que uno no se puede permitir un solo momento de desánimo; que no se debe ser débil a no ser que se tenga la intención de fracasar, de hundirse en la ruina. Observaría con detenimiento la expresión despierta y siempre vigilante de su nodriza, y volvería a preguntarse por qué él. Por qué él. ¿Qué había hecho?

«Pobrecito», escucharía de nuevo. «Pobre, pobrecito...»

Su nodriza querría volver a acunar su extraño cuerpo, y repetiría que su pequeño sabría cómo moverse con elegancia entre las naturalezas muertas del siglo XVIII de Jean-Baptiste Siméon Chardin y cómo comportarse ante una mesa dispuesta con delicadeza, mostrando un exquisito cuidado al sentarse y una extremada diligencia al utilizar los cubiertos. Ella le había dado una educación más que aceptable, y él tendría que demostrarlo ante ella y su marido. Por tanto, no debía acercarse al fregadero de la cocina para beber agua directamente del grifo, sin vaso. No debía tampoco limpiarse la boca con una mano después de comer ni debía echarse a reír con fuerza, como un ser despiadado.

«Te hemos enseñado a ser amable.»

Y, con amabilidad, ella volvería a indicarle que, por mucho que intentara esconder la cabeza entre sus propios hombros, jamás lograría pasar desapercibido. Con dulzura, le aseguraría que ofendía a los demás con su simple respiración porque se trataba de una respiración viciada. Le explicaría una y otra vez que era capaz de atormentar a cualquiera que tuviese que permanecer más de dos minutos a su lado a causa, quizá, de su excesiva presencia. En voz baja, casi en un susurro, su nodriza le aclararía que estaba muy cansada de aquella cosa execrable que flotaba por encima de su cabeza como una masa casi opaca de aves, dejándoles a su marido y a ella sin posibilidad de consuelo. Y Darío, entonces, consciente de haber experimentado ya la aguda inquietud que le causaban aquellos argumentos, aquellas recriminaciones, descubriría lo que era querer escapar y, sencillamente, no poder hacerlo.

Desaparecería así la tiranía de los fumigadores para dar paso a la opresión de los seres cercanos, de esos seres buenos: los seres queridos. Tan magnánimos y tan protectores.

No puedo abrir los ojos.
Cerrados persisten con un peso que duele e inquieta.
Ya no ensayo más amplias sonrisas.

Los labios secos de ayuno y de sed.
El irrespirable sol irrespirable. Sol.

Estudié el origen de la energía.
Ejemplos de dilatación del tiempo,
anomalías excéntricas y anomalías medias.
Calculé el área de un círculo (πr^2).

Las mareas de los agujeros negros.
El horizonte de sucesos.

Y, sin embargo, ¿dónde la fórmula de la existencia?
¿Dónde la teoría de la conservación?

¿Y la ecuación para evitar el acabamiento?
¿Dónde la permanencia?

CLARA

A veces, sin decir ninguna palabra, me abre la puerta de la habitación y yo, que suelo estar sentada en el pasillo cazando mariposas al vuelo, con algún libro en la mano de los que ella me dejó hace tanto, o contando las baldosas grises y blancas que me acercan a su puerta mientras pienso qué podría yo contarle esa noche antes del paseo, entonces, me levanto y voy tanteando la penumbra hacia el hueco que ha quedado abierto entre madera y pared. Y acerco tanto mi cara a la tan estrecha rendija que nos separa que puedo sentir el vaho del vacío oscuro que hay en su habitación y el aliento de su soledad no forzada, aunque mucho menos querida de lo que las dos creímos al principio. Respiro de su mismo aislamiento y le pregunto entonces que si hoy tampoco. Le digo: «Clara, Clara, ¿hoy tampoco?», y ella me susurra que no, que hoy tampoco. «¿Y el paseo?», le digo casi sin voz. Y ella primero calla y luego me dice que caminará al llegar a la página ciento ochenta y tres de su libro, el que ahora lee o escribe. No sé. No sé qué hace. Pero entonces le pregunto si me dejará pasear con ella y, a veces, después de años de espera, me dice que sí. Y a veces me dice que no. Y vuelve a cerrar la puerta. Y entonces, cuando se encierra de nuevo, me ahogo de ansiedad y me sorprendo tendida de cuerpo entero sobre las heladas baldosas grises y blancas del pasillo. Porque, ¿qué sé yo cuándo va a volver a abrir? Y porque, ¿qué sé yo si ella querrá verme en su próximo paseo o no?

Voy a la cocina y preparo una taza de leche. No la bebo porque es para ella, que tampoco la bebe.

No sé qué hace en la habitación. Al principio se lo preguntaba: «Clara, Clara, ¿qué haces?», y no me contestaba. Y yo pensaba que estaría dormida y la dejaba dormir. También al principio, otros amigos —los afables amigos que antes solían venir a casa— se acercaban lentamente a su puerta y se interesaban con voz festiva por ella. «Vamos, Clara, Clarita», decían. «Sal de ahí, que queremos verte y hablarte. Queremos hablar contigo, Clara. Pero así no podemos. Anda, sal de ahí.» Y ella no contestaba ni tampoco salía. Yo a veces le oía susurrar a kilómetros de distancia un sonido triste, perdido, que se iba transformando en la palabra *mentira*. Y nuestros amigos, los amigos tan amables que antes venían a casa, me comentaban durante la cena fría que qué pena, con lo deliciosa que era Clara. Y lo inteligente. Y también a veces decían que con un futuro tan brillante, y que con lo bien que hablaba. Y yo me confundía y pensaba: «Pero si nunca la escuchabais, si nunca creísteis lo que decía, si nunca mirabais sus ojos, si nunca prestabais atención».

«De todos modos, yo creo que Clara sigue siendo una dulce y triste damita…»

«Encantadora y lánguida…»

Y a veces, entonces, podía caerse la lámpara de arriba o llegar hasta nosotros el estruendo de un vidrio al quebrarse contra algún muro.

«¿Es Clara, Clarita?», preguntaban.

«No. Será el gato.»

Nuestros buenos amigos ya no vienen tanto a casa. Yo no sé si era el gato, pero tampoco sé si era Clara. Ella ya no salía de la habitación y el gato apareció muerto en la despensa una mañana de invierno hace ya dos años. Lo encontramos al amanecer. Hacía tanto frío y el pobre gato estaba tan tieso y con los ojos tan abiertos, mirándonos fijamente, rogándonos que lo sacáramos de allí. Clara lo recogió del suelo, lo miró y se lo acercó un poco. Lo mantuvo junto a su pecho durante un breve instante y dijo «ha muerto». A continuación lo tiró al contenedor de basura y cerró la ventana. «Te prepararé el desayuno y luego podemos ir a pasear hasta el lago.»

—Pero si llueve —dije yo.

Ella me miró y se fue hacia el armario de las tazas.

—Si no quieres venir, puedes quedarte leyendo o también puedes empezar a buscar el espíritu del gato. Seguramente estará por el piso de arriba. Si no lo haces tú ahora, tendremos que hacerlo las dos esta tarde o mañana. No podemos dejar que vagabundee solo por ahí, sin saber en qué parte de la casa va a querer quedarse. Tendremos que poner su comida allí donde él esté, y supongo que se decidirá por el piso de arriba. Siempre le ha gustado más.

Desayunamos y fui con ella hasta el lago. No quería buscar el espíritu del gato yo sola por las habitaciones oscuras de escaleras arriba.

A veces Clara se quedaba toda la noche sentada ante su mesa sin dormir, pero a la mañana siguiente seguía siendo ella quien venía temprano a mi habitación para despertarme y para contarme: «Hoy pasearemos hasta el lago». «Hoy dormiremos hasta la hora de comer.» «Hoy contaremos los libros de las estanterías y leeremos primero los que tengamos dos veces, porque eso quiere decir que nos gustaron mucho en dos momentos distintos.» «Hoy escribiremos sentadas en las escaleras, yo arriba y tú abajo.» «Hoy iremos a la ciudad a comprar un perro.» «Hoy no nos vestiremos y saldremos así, en camisón.» Y yo solía decir: «Pero si llueve». Entonces ella me miraba: «Hoy bailaremos danzas turcas». «Hoy daremos ración doble al gato.» Y una mañana dijo: «Hoy no hablaremos». Y otra mañana dijo que hoy se encerraría en su habitación para siempre y que no saldría jamás. Y yo pensé: «Pero si hoy no llueve».

Y se encerró.

Yo imaginaba lo que podría estar haciendo. Estaría sentada en el suelo con un libro delante, o en la silla mirando una hoja blanca de papel que nunca empezaba a escribir, o frente a la ventana cerrada, atontada con las nubes grises, y pensé que saldría por la noche a la hora de la cena porque venía gente.

Pero no salió. Y la gente llegó, cenó y se marchó.

—Qué pena que Clara esté indispuesta.

—Sí —decía yo.

Y miraba hacia arriba, con la esperanza de verla aparecer en cualquier momento.

Cuando desapareció el último de sus amigos, supe que Clara se había encerrado. Y el espíritu del gato atravesó velozmente la casa ante mis ojos.

Entonces me dejé caer al suelo y me deshice el pelo.

Abrazada a mi mascota. Duermo.
Tal vez pasen días y no despierte.
Alojada en un sueño de runas y moras.
Desoyendo lo trágico del despertar y lo trágico
de cada pequeña patraña.
Sobre la hierba aromática de su pelo.
Sobre la orilla de su costado.
Sobre la carne y la tierra y los pájaros.
Un ser de ojos miel.

En el exterior, los perros sin nombre.
Nosotros, bebedero y zapatillas,
callamos y dormimos.
Yo, abrazada a mi mascota.

Callad vosotros también.

LA HUIDA DE VIRGINIA

No tardarían mucho tiempo en averiguarlo. Al percibir que una desusada impresión de apaciguamiento y normalidad se había establecido entre ellos, comenzarían a echarla de menos. Como se echa en falta el runrún de una obsesión que, de repente, desaparece. Se darían cuenta, quizá demasiado pronto, de que la anfitriona no regresaba al lugar central de la esplendorosa fiesta, y comenzarían a decir su nombre con la voz cantarina que definía el estado de ánimo general, que, si bien no resultaba muy real, al menos sí era el que se suponía que todos debían desplegar a lo largo de aquel homenaje, aquella impecable fiesta de bienvenida.

—Te están esperando. Me han preguntado por ti varias veces.

Se darían cuenta y comenzarían a tomar posiciones. Avanzarían hacia los lugares más privados de la casa sin dejar de murmurar el nombre de la propietaria, que había decidido comportarse como no debía ahora que, por fin, Héctor había regresado. «Virginia. Virginia... ¿Dónde te escondes?» Se acercarían, acechantes, hasta el borde de las camas para arrodillarse sin pudor y espiar su pequeña oscuridad de madriguera infantil. Más tarde, una vez hallada, se encargarían de la eficaz reconstrucción del momento inmediatamente anterior a la decisión de huir, pero ahora resultaba esencial encontrar a la anfitriona díscola. Y para ello asomarían los ojos por la breve rendija de la puerta abierta del cuarto de baño con el afán de inspeccionar cada uno de los rincones en los que se hubiera podido sentar, levantarían las sábanas blancas, abrirían los armarios y meterían su nariz en el interior de cada una de las cajas de cartón llenas de recortes de periódicos.

—Espera un momento. Sólo un segundo. Sabes que puedo hacerlo y lo haré. Sólo necesito un pequeño instante.

Sonreirían como si aquella fiesta fuera el lugar más divertido del mundo. El lugar en el que se debía estar. Y buscarían con verdadero empeño, deseando encontrarla, porque aquello, descubrir a Virginia, significaría abrir inmensamente los ojos y acercarse a ella con toda la compasión de la que es capaz un ser humano común, con los brazos extendidos y los labios preparados para un generoso beso que se antepondría a cualquier palabra, abrazar largamente e incluso acunar. «¿Estás bien, cielo? ¿Te ha vuelto a suceder? ¿Otra vez?»

—¿Me quedo contigo? ¿Quieres que me siente aquí hasta que se te pase?

Buscarían. Pero esta vez no iban a salirse con la suya. Porque Héctor había regresado a su casa y si alguien sabía dónde se escondía Virginia, esa persona era él.

—¿No te importa?

Héctor negó con la cabeza y se sentó en una de las dos sillas que rodeaban el escritorio de Virginia, cerca de la ventana grande que daba al jardín.

—Si me importara no te lo habría propuesto.

Pronto serían las diez y media de la noche, y ninguno de ellos había tomado nada sólido desde el inicio de la fiesta. La comida seguía esperando en la cocina, y allí continuaría hasta que Virginia decidiera bajar.

—No sé si me vas a creer, pero te aseguro que esto no me pasa con mucha frecuencia últimamente. Desde que tú te fuiste, creo recordar que sólo han sido tres veces. Déjame pensar... Sí. Tres veces. Creo.

—No te preocupes. No tienes que darme ninguna explicación. Si quieres hacer algo, lo haces. Y si no quieres, no lo haces.

Era tan excepcional, Héctor. Con su teoría de que si se quiere hacer algo, si de verdad hay algo que merece la pena y que realmente se desea hacer, no hay que pararse a pensar. Simplemente hay que hacerlo. Sin reparar en nada más, sin hacer caso a los mosquitos ni a los pensamientos cruzados acerca de un día de sol o de una maravillosa conversación a la sombra de un árbol frondoso ocupado el espacio por el olor de las higueras. Héctor decía que no hay que escuchar los sonidos circundantes ni el latido sobrio del corazón ni las expectativas de una casa más grande ni el canto lejano de una risa querida como a nada se ha querido antes. Si se desea hacer algo, hay que empezar a hacerlo y no pensar más. Porque el pensamiento sólo dilata el no hacer nada y deja pasar las horas en una estéril sucesión de instantes pensados que no significan gran cosa. Sólo consideraciones o recuerdos que la mayoría de las veces son torturas y además torturas lastimosas de un dolor ilocalizable, que no es físico y que no se puede acallar con medicamentos. Un dolor continuado. Un dolor soberano que persiste y persiste.

—No sé lo que quiero, Héctor. Ése es el gran problema. Que no lo sé.

Él dejó caer pesadamente las manos sobre sus rodillas, y suspiró:

—Toda esa gente a la que has invitado… No sé para qué han venido. No paran de hablar y de reír. Es insoportable.

—Casi todos piensan que silencio y estupidez van de la mano.

Estarían buscándola. En el interior del cesto de mimbre para la ropa sucia y tras los árboles del jardín. Riendo y diciendo su nombre mientras, en su dormitorio, Héctor comenzaba a silbar una melodía lenta.

—Vas a salir de ahí, ¿verdad? —preguntó.

Retirando las tablas de madera para cerciorarse de que no había nada detrás. Con las manos abiertas sobre las ventanas, dejando pequeñas nubes de vaho en los cristales, mientras repetían: «Vas a salir de ahí, ¿verdad? ¿Vas a salir de ahí?».

Virginia no contestó. En realidad, sí sabía qué quería. Claro que lo sabía. Lo que deseaba era poder regresar a su casa, a la que había sido su auténtica casa, y no volver a alejarse jamás de allí. A veces, algunas noches, cerraba los ojos y, mientras se iba quedando dormida, oía aquellos sonidos, los pasos por el parquet del salón, el teléfono, el grifo que comenzaba a soltar agua fría, luego templada, luego más caliente. Exactamente los mismos sonidos. La voz de su padre hablando al otro lado del tabique mientras ella intentaba permanecer dormida porque si se despertaba, sabía que si abría los ojos, descubriría que, en realidad, aquellas paredes blancas eran ahora de papel pintado, y las sábanas limpias se habían convertido en largos trozos de tela arrugada. No haber salido nunca de su casa, y andar descalza hacia la cocina para tomar un vaso de leche mientras la radio daba las noticias de las once. Aquello era lo que deseaba y, por lo tanto, los rumores de la memoria se repetían mientras sus ojos giraban y giraban huyendo de una luz que cada vez era más amplia. Inmensa. Porque volvía a sucederle. A pesar de que Héctor estaba allí, con ella, sentado en una de las sillas de su propia habitación, cerca de la ventana que daba al jardín, ahora volvía a sucederle. Y, aunque no deseaba volar de nuevo, sabía que era inútil no desearlo. Los hilos ya estaban tendidos y dispuestos.

Así que se refugió aún más y Héctor, finalmente, se levantó de la silla para dirigirse a la puerta.

—Les diré a todos que no hay nada más que hacer aquí y que pueden irse a su casa.

Su respiración volvería a ser acompasada y limpia. Quizá un pequeño temblor en los dedos que rozaban sus labios, en busca de esa perfecta tersura de una piel tan fina, delatara de alguna forma su auténtico estado de ánimo. Pero no el hecho de que estuviera impecablemente vestida o que fuera capaz de escuchar larguísimas conversaciones con la mayor atención.

¿Y si no bajaba? ¿Y si se sentaba a los pies de Héctor y le pedía que siguiera silbando aquella melodía hasta el amanecer?

Pero Héctor ya había salido de la habitación. Su espléndida fiesta de bienvenida había terminado.

¿De dónde las voces? ¿De dónde el templado carillón
con sus floridas y mansas interrogaciones?
¿De dónde el repentino bálsamo que apacigua el dolor?
Los bosques de flores ciegas.
¿De dónde los arbustos? La espesura.

Respiraría si respondiera. Percibiría el sosiego.
        La quietud.
Garabatearía un dibujo muy simple en mi cuaderno
        de apuntes.
Pero él sólo sonríe
y me descubre mi enmascarada acritud.
Él interviene
y me revela toda mi indecisión.
Alza un fortísimo brazo
y me dispongo a divinizar sus pasadas glorias
más todas aquellas que aún han de acaecer.

Terminados los deberes,
nos sentaremos en el suelo con las manos abrigadas
entre las rodillas.

El mes más cruel

*Una vez en casa, Volodia se tumbó en el sofá y se cubrió
con una manta para calmar los temblores. Las cajas de
sombreros, las cestas y los cachivaches le recordaron que no
tenía una habitación propia, un refugio donde poder
escapar de su madre, de los invitados de ésta y de las voces
que llegaban ahora de la «sala común»; la mochila y los libros,
desperdigados por todas partes, no le permitían olvidar el
examen al que no se había presentado... Sin saber por qué,
le vino a la memoria Menton, donde había vivido con su
difunto padre cuando tenía siete años; también rememoró
Biarritz y dos niñas inglesas con las que corría por la arena...*

ANTÓN P. CHÉJOV
Volodia (1887)

O ía voces procedentes de otras habitaciones. Las niñas volvían a correr por las escaleras —sin tener en
cuenta los avisos constantes de su madre acerca de que
debían portarse como señoritas y bajar los escalones de
uno en uno, despacio, porque, de lo contrario, cualquier

día iban a tropezar y se iban a dejar sus bonitos dientes sobre la dura piedra blanca—, y la pareja que esperaban desde la tarde anterior había llegado ya. De ahí las risas y de ahí la animación de unas conversaciones que se superponían entre sí, creando un eco interminable que ascendía hacia su habitación. Flora Marr se movió inquieta en la dura silla que había elegido para sentarse a leer, y suspiró largamente sin dejar de mirar el libro que tenía en las manos. Mantuvo en la cara el mismo gesto ausente, a pesar del agudo desagrado que le producía tanto ajetreo más allá de las paredes del pequeño cuarto que le habían asignado.

No sentía ninguna curiosidad por la señora Murtagh ni tampoco por su hijo Gabriel, los recién llegados. Había oído hablar de ellos decenas de veces, ya que su amiga Elvira, quien insistía año tras año en que Flora Marr pasara, a principios de cada estación, unos días con ella en aquella enorme casa, parecía tener un interés especial por el chico, Gabriel Murtagh. Un interés inexplicable para Flora, que no entendía qué podía ver su amiga en una persona diez años más joven que ella, sin trabajo y sin, al parecer, grandes cualidades físicas ni intelectuales. Sin embargo, Elvira se deshacía en elogios cada vez que hablaba de él. Y hablaba de él con mucha frecuencia.

—No sé cómo han podido perder el tren —decía la noche anterior, frotándose las manos mientras caminaba nerviosa de un lado a otro del salón—. Estoy segura de que ha sido su madre. Se pasa horas delante del espejo maquillándose y retocándose el peinado. Como si tuviera veinte años… Como si aún pretendiera conquistar a alguien. Es una mujer insufrible… Estoy segura de que han perdido el tren por su culpa… Pobre Gabriel. No comprendo cómo puede soportarlo. No llego a entender cómo tiene la inmensa paciencia de seguir viviendo con ella.

—¿La dependencia económica no te parece una buena razón?

Elvira se giró inmediatamente hacia su mejor amiga y, dejando de caminar, respondió:

—No. No me parece una buena razón. Y creo que no deberías hablar de alguien a quien aún no conoces en esos términos tan duros. Tan sarcásticos… Gabriel no quiere dejar sola a su madre porque estamos hablando de un ser extraordinario. Espera a mañana y tú misma tendrás que admitirlo. Él es consciente del dolor que le causaría si decidiera hacer cualquier cosa sin contar con ella, sin tenerla a ella continuamente a su lado. Así que ha preferido sacrificarlo todo. Su carrera, su vida personal… Todo.

Flora sonrió ante la vehemencia del espontáneo discurso de su mejor amiga, y optó por no seguir oponiéndose a sus argumentos. Después de todo, tenía razón: no conocía aún a Gabriel Murtagh y, por tanto, cualquier cosa que pudiera decir en su contra sería muy fácilmente rebatible.

A la mañana siguiente, mientras seguía intentando leer, escuchó los grititos desordenados y casi histéricos de las niñas, a los que se unió una carcajada descomunal que Flora aceptó de inmediato como el resultado de la vertiginosa liberación de la tensión que Elvira había ido acumulando desde la tarde anterior. La impaciencia, la rabia, la culpa de una madre estúpida... Todo se expresaba a la vez en aquella carcajada imposible, que hizo que Flora se levantara de la silla de un salto y recogiera su libro dispuesta a salir de la casa e irse a leer al pabellón de cristal del jardín.

Allí, al menos, no oiría tanta manifestación de sometimiento incondicional a unos encantos que, estaba segura, no existían más que en la mente fantasiosa y enamoradiza de su amiga.

Mientras se dirigía hacia el pabellón, caminando tan rápidamente como podía pero sin correr, pensó que tendría ocasión de conocer al joven señor Murtagh algo más tarde, cuando llegara la hora de sentarse a la mesa. Sólo entonces, y no antes, le sometería a una serie de preguntas que pondrían a prueba su verdadera personalidad. Ella tendría que ser muy discreta, muy prudente, y no plantear un interrogatorio riguroso, pues en ese caso Elvira, sin duda, saldría en defensa del chico. Tendría que sonreír, parecer amable, y mostrar interés ante la evidente falta de experiencia de una persona que no se había separado jamás de las protectoras faldas de su madre, y que era obviamente incapaz de hacer algo reseñable por sí misma, amparándose en la excusa de un amor incondicional.

A pesar de que su intención era la de aislarse del desorden que la llegada de los dos nuevos huéspedes había producido en el interior de la casa para poder leer, Flora Marr pasó lo que quedaba de mañana estableciendo qué preguntas serían las más indicadas y eficaces para desenmascarar a aquel joven. De modo que, cuando decidió que debía regresar, comprobó que no había avanzado ni un solo párrafo en su lectura. Salió del pabellón y, mientras atravesaba el jardín, advirtió que alguien observaba sus pasos desde una de las ventanas.

Elvira salió a su encuentro.

—¡Flora! —exclamó con una enorme sonrisa, extendiendo ambos brazos hacia ella—. ¿Puedo saber por qué te comportas de una manera tan grosera? ¿Cómo puedes esconderte justo cuando estoy deseando que conozcas a nuestro querido Gabriel?

Y fue precisamente *nuestro querido Gabriel* quien salió al exterior, tras Elvira, sonriendo igualmente pero de una manera mucho más contenida, mostrando en los ojos una curiosidad por Flora que a ésta le resultó un tanto ofensiva. Era un chico alto, desgarbado y, al parecer, muy silencioso, ya que no dijo nada mientras Elvira hacía las presentaciones, y continuó sin decir nada durante mucho tiempo. Su madre, por el contrario, y tal y como ya había anunciado Elvira, podía mostrarse tan charlatana y apasionada ante cada pequeño acontecimiento que sucediera a su alrededor (los extravagantes juegos de las niñas, el sabor de unas galletas que había preparado Elvira con ocasión de su visita, la lozanía de las plantas del jardín, la disposición de los platos en la mesa…) que resultaba agotadora.

—Nuestra Elvira es tan generosa y hospitalaria —dijo por tercera vez durante la comida— que nunca sabré cómo igualar toda su amabilidad. Su enorme bondad… Tanto a Gabriel como a mí nos entusiasmaría que algún día deseara venir a vernos a la ciudad, ¿verdad, querido? Naturalmente —respondió ella misma mientras se llevaba a la boca un pedazo de pan—. Pero nuestra casa es tan humilde. Tan oscura…

Flora observaba la actitud de Gabriel Murtagh ante la cháchara de su madre, y lo que descubrió en él fue una especie de aceptación resignada. La suya era la actitud del hombre que se sabe ante un hecho irremediable, y que decide afrontar la realidad con la mayor dignidad posible. Mantenía la espalda recta y la mirada fija sobre su plato, aunque de vez en cuando se permitía una mínima distracción y buscaba los ojos de Elvira con empeño, como si necesitara confirmar que contaba con su complicidad.

—Estará de acuerdo conmigo, señor Murtagh, en que tal vez se podría hacer algo para que su casa dejara de ser tan humilde y oscura. ¿No cree que su madre merecería vivir en un lugar del que no tuviera que avergonzarse?

Flora esperó con interés la reacción de Gabriel, pero éste actuó como si no hubiera escuchado ni una sola de sus palabras. No se alteró en absoluto, no dejó de comer, y ni siquiera dejó entrever que tuviera intención de responder. Parecía saber perfectamente que, de nuevo, sería su madre quien comenzara a hablar:

—Pero señorita Marr… Si yo no me avergüenzo de mi casa… No se trata de eso. Es sólo que constato que mi hogar jamás será tan adorable ni tan armonioso como éste.

—Yo creo que un hogar adorable es sólo aquel que se deja habitar por personas igualmente adorables, ¿no opina usted lo mismo, señor Murtagh? ¿Piensa usted llenar la casa de su madre de personas adorables en un futuro próximo?

El muchacho volvió a permanecer en silencio. ¿Estaría utilizando con ella las mismas técnicas que utilizaba ante el molesto parloteo de su madre? ¿Habría decidido comportarse ante sus demandas como si nada estuviera sucediendo, como si nadie se estuviera dirigiendo a él, haciendo gala de una absoluta pasividad?

—¿Por qué no dejas de interrogar a Gabriel de esa manera tan fastidiosa? —preguntó entonces Elvira, girándose hacia Flora con una sonrisa en los labios, casi como si estuviera a punto de echarse a reír—. Vas a conseguir que el pobre piense que no tendría que haber venido a esta casa.

Aparentemente alentado por las comprensivas palabras de Elvira, el joven Gabriel Murtagh se decidió por fin a dar una respuesta:

—Las reflexiones de la señorita Marr no me molestan en absoluto. Lo que ocurre es que no sé bien qué podría contestar. No entiendo demasiado acerca de cómo se decora el interior de una casa, por lo que no imagino cómo podría conseguir que nuestro hogar llegase a resultar más luminoso, considerando, además, que apenas cuenta con un par de ventanas y que éstas no son especialmente grandes. Tampoco sé qué va a ser de mi futuro, por lo que no puedo asegurar si en algún momento podré llenar nuestra casa de personas adorables o no.

Elvira, ahora sí, se echó a reír de un modo tan alegre que contagió de inmediato a la señora Murtagh e hizo que ella empezara a reír también, de la misma forma, aunque, en su caso, sin saber exactamente de qué.

Gabriel no se rió. Apenas respondió con monosílabos a las nuevas preguntas que, de una manera mucho más contenida, Flora siguió formulándole durante la comida, y tras los postres dijo que debía estudiar, por lo que iba a retirarse a su habitación unas horas.

—Así que está usted estudiando... —comentó Flora.

—Por supuesto —respondió él poco antes de abandonar el salón—. Todos creemos que es lo único, lo más adecuado, que puedo hacer, teniendo en cuenta mi edad.

Flora Marr asintió con la cabeza y no dijo nada más. Poco después, mientras las niñas y la señora Murtagh descansaban en sus habitaciones, aceptó salir a dar un breve paseo con Elvira por los alrededores de la casa.

—¿No es fabuloso? —Elvira no podía dejar de sonreír ni un instante—. ¿Qué me dices ahora? ¿Eh? ¿No es alguien excepcional? Se ha dejado esa barba tan encantadora para parecer mayor, pero sus ojos siguen siendo los de un chiquillo...

Caminaban las dos cogidas del brazo, lentamente, hasta que Elvira decidió que iba a hacer que Gabriel Murtagh dejara de estudiar y se uniera a ellas.

—¿Por qué no dejas que estudie? Dijo que debía presentarse a un examen, ¿no es cierto?

—Exámenes, exámenes... Ya estudiará más tarde, cuando anochezca. Ahora debe estar con nosotras. Ahora debe complacerme.

Y tras soltar el brazo de Flora, Elvira echó a correr en dirección a la casa.

Por un instante ella no supo qué hacer, hasta que pensó que lo mejor sería ir a buscar su libro y desaparecer de nuevo. Así que caminó también hacia el interior. Avanzó por el pasillo que llevaba a su dormitorio y que ahora, con los ojos acostumbrados a la claridad del jardín, parecía oscuro y deshabitado. No se oía nada. Ninguna voz, ninguna risa. Tal vez, se dijo, Elvira había entrado en la habitación de Gabriel Murtagh y ahora estaba haciendo unos increíbles esfuerzos por no dejar que se oyera nada de lo que estaba sucediendo dentro. Flora sonrió brevemente al recordar el silencio del joven señor Murtagh. Un silencio que podía obedecer a una admirable prudencia por su parte o, más bien, como ella se inclinaba a creer, a una absoluta escasez de experiencias y conocimientos que compartir con los demás.

Iba a abrir la puerta de su habitación, cuando oyó a su espalda un sonido parecido al de un perro jadeante que avanzara arrastrando las patas. Pronto se dio cuenta de que el sonido era el de una respiración entrecortada.

Se giró rápidamente y allí, justo delante de ella, *nuestro querido Gabriel* permanecía inmóvil, con los ojos muy abiertos, los brazos colgando a ambos lados del cuerpo, como si estuvieran agotados, y una extraña sonrisa que no pretendía serlo, pero que parecía el resultado de una muy estudiada posición a la que sus labios habían llegado para no echarse a temblar de una manera convulsa.

—Me ha asustado, señor Murtagh —murmuró Flora llevándose una mano al pecho—. ¿Qué hace aquí? Elvira le está buscando.

Gabriel permaneció en silencio, pero dio un paso amplio hasta situarse muy cerca de ella. Una vez allí, y aún en silencio, elevó ligeramente una de sus cansadas y enormes manos hasta situarla sobre la cara de Flora, que no se atrevía a moverse.

—¿Por qué me desprecia usted? —preguntó él casi susurrando.

—Yo no le desprecio.

—Sí. Claro que me desprecia. Y pretende que Elvira me desprecie también —dijo Gabriel mientras permitía que sus dedos fueran resbalando poco a poco hacia el tenso cuello de Flora—. Y si Elvira llegara a despreciarme, no sé qué sería capaz de hacer. Creo que podría cometer cualquier locura… Porque no lo soportaría. No podría asumir una idea tan espantosa.

Flora sentía el avance de los fuertes dedos hacia su hombro.

—Elvira no podría despreciarle… —dijo.

—No sabe lo que es llevar mi vida. No lo sabe… El

miedo. Los temblores... Elvira representa todo lo hermoso. Todo lo que yo no tengo. Y no quiero perderlo, lo apacible, ¿comprende? No quiero seguir sintiendo que todo lo que de verdad merece la pena queda fuera de mi alcance. No quiero pensar que la delicadeza, la gracia están demasiado lejos de mí, y que jamás podré llegar siquiera a rozarlas. No me puede suceder algo tan espeluznante. Usted no puede desear ni permitir que me suceda algo así.

Flora mantenía la cabeza alzada hacia Gabriel. Efectivamente, y a pesar de la barba pelirroja que se había dejado crecer, sus enormes ojos seguían siendo los de un niño.

—¿Le ha contado algo de esto a Elvira alguna vez? ¿Ha hablado con ella de este modo?

Gabriel Murtagh sonrió, ahora sí de una forma voluntaria, y negó con la cabeza.

—¡Jamás! Con Elvira sólo debo hablar de árboles y de flores y de la perfección del sol al atardecer. Ella no toleraría ningún otro comentario, ningún pensamiento lúgubre.

—¿Y yo sí?

Gabriel amplió su sonrisa enormemente, y la mantuvo un instante. Casi parecía feliz.

—Claro. Usted... Puede afrontar estas cosas. Usted lee.

Flora Marr se echó a reír. Aquella inocencia, la franqueza que había descubierto en las palabras de Gabriel Murtagh hicieron que, por fin, decidiera echar a un lado toda su suspicacia para entregarse a una risa abierta, prolongada.

Tan abierta que no advirtió la presencia de Elvira en el pasillo hasta que ella misma comenzó a hablar. Ninguno de los dos supo cuánto tiempo llevaba allí, escuchando su conversación, con los brazos cruzados y sin moverse.

—¿Qué estáis haciendo los dos solos? ¿No sabías que te estaba buscando, Gabriel?

Él se giró al instante, y Flora Marr observó cómo sus labios se abrían de inmediato, como por instinto, para responder a la pregunta que ella acababa de hacer. Como si se tratara de un animal bien amaestrado o de un niño obediente y temeroso ante las exigencias de un profesor severo. Sin embargo, fue incapaz de emitir ningún sonido coherente. Simplemente surgió de su garganta un gemido brusco, incomprensible, acompañado de un extraño movimiento impaciente de las manos.

—Elvira... —murmuró Flora.

—¿Por qué os reíais tanto? ¿Hay algo gracioso que yo desconozca? ¿Por qué no me lo contáis? ¿Se trata de un secreto? ¿Algo que yo no pueda saber?

Gabriel permanecía en silencio, ahora con la mirada clavada en el suelo. Parecía dispuesto a asumir cualquier castigo que Elvira deseara imponerle. Cualquier humillación.

—¿Un secreto? Qué cosa tan absurda... Gabriel me estaba preguntando por ti, y...

—Y entonces os habéis echado a reír.

—¡Claro que no!

—Os estabais riendo. ¿Me lo vas a negar, querida? ¿Me vas a decir que no os estabais divirtiendo sin mí?

Gabriel Murtagh parecía ir encogiéndose con cada una de las frases, más y más ásperas, de Elvira. Había cerrado los ojos y su rostro estaba adquiriendo un tono blanquecino.

—¿Tan horrible te parecería que pudiéramos reírnos sin contar contigo? ¿Eres consciente de que lo que estás diciendo es bajo y egoísta y excesivo?

En ese instante fue el rostro de Elvira el que adquirió un tono insólito. Abrió los ojos enormemente, como si no pudiera aceptar de ninguna manera semejante insolencia allí, en su propia casa, y un violento color rojo se apoderó de sus mejillas. Parecía estar a punto de echarse a gritar o de echarse a llorar. O tal vez podría empezar a hacer las dos cosas a la vez, convirtiéndose en una criatura descontrolada y alarmante.

—Gabriel… —murmuró Elvira sin perder la dureza que se había instalado en ella—. Puesto que pareces preferir la compañía de otras personas, o incluso la compañía de tus libros, te sugiero que vayas a buscar a tu estúpida madre y salgáis los dos de esta casa lo antes posible. Aún puedes coger el tren de las 6.45. Me encargaré de que lleguéis a tiempo a la estación.

Y sin decir nada más, sin tampoco permitir una mínima réplica a lo que acababa de ordenar, Elvira se giró y comenzó a alejarse en dirección al jardín.

Flora Marr se llevó entonces las dos manos a la cara

y, mientras mantenía los ojos cerrados con cierta obstinación, como si de esa manera pudiera mostrarse ciega a lo que acababa de ocurrir, como si al no percibir lo que sucedía pudiera llegar a desconocerlo o a excluirlo de la realidad, oyó el sonido de un cuerpo que, a su lado, se dejaba caer al suelo. Gabriel Murtagh, de rodillas, había apoyado ambas manos sobre las frías baldosas del pasillo y, con la cabeza oculta entre los hombros, volvía a emitir breves gemidos inconexos.

—¡No haga eso! —exclamó ella mientras también se arrodillaba a su lado—. Vamos... No puede comportarse así... Tiene que levantarse y demostrarle a Elvira que está equivocada. No sé qué será lo que se le ha pasado por la cabeza, pero es evidente que ha creído ver algo que no existe. Tiene que ir ahora mismo y hacérselo comprender.

—Jamás me escuchará... —Gabriel negaba lentamente con la cabeza—. Usted no lo entiende. Ella no querrá volver a verme. Se ha terminado. Las flores y los árboles y el sol del atardecer... Todo ha terminado.

Ella tomó una de las manos de Gabriel entre las suyas, y advirtió que estaba helada. Su joven barba pelirroja, sus enormes brazos, la limpieza de su piel... Todo en él parecía haberse petrificado. Flora contempló largamente el firme contorno de su rostro y, por un instante, pareció leer en él, con toda claridad, el porvenir de aquel muchacho derribado en el suelo. Un porvenir miserable. Y peligroso.

Comenzó entonces a frotar con viveza la mano de

Gabriel, como si pretendiera hacerla entrar en calor, y, bajando la voz, casi en un susurro, dijo:

—Lo evitaremos. Evitaremos cualquier desgracia. Cualquier desamparo. Esto no es el final de nada. Es sólo el principio de una existencia tranquila. Una generosa y feliz existencia. Harás tu examen y después vendrá otro, hasta que puedas trabajar y procurarte un hogar para ti solo, alejado de tu madre y de todos los seres que han decidido no volver a hablar de flores ni de árboles. —Flora se llevó la mano de Gabriel, ahora menos fría, a los labios, y repitió—: Lo evitaremos. No va a suceder nada malo. Ninguna desgracia. Será sencillo... Podrás charlar y pasear. Lo lograremos. Conseguiremos que no suceda nada malo... Ninguna desgracia. Ya lo verás. Nada malo. Nada.

Me habla cuando aparto los ojos del libro que leo.
Cuando contemplo la atmósfera opaca que nos separa,
    y pienso
que no hay gran diferencia entre estar aquí
y estar allí.
Sobre la alfombra polvorienta de una habitación
    iluminada
por el decadente sol naranja de una tarde de domingo.
Los días pasan, la piel se arruga, los calcetines pierden
    su color azul.
No hay mucha diferencia entre el cansancio de quien
    desea partir
y el cansancio de quien acaba de llegar.
El aislamiento es el mismo. Y el temblor: idéntico.
El primor del paisaje no los cambia. Una catarata,
    un crecido pasto verde,
el yermo estío del desierto.
Me habla cuando dejo de leer.
Me analiza con cautela.
No desea que mis ojos se trasladen a un lugar en el que
    ahora no puedo estar.

Primero oímos cómo cae la lluvia y sólo después,
    segundos más tarde,
la percibimos sobre nosotros.

MARCEL BERKOWITZ

Bajo unos arcos de piedra iluminados con la única finalidad de crear en los clientes de las nutridas terrazas estivales la ilusión de que la luz, como la guerra, podía llegar a ser eterna, los muchachos advirtieron cómo Marcel Berkowitz saludaba con una mano al profesor Lerrin, y cómo comentaba casi en un susurro que aquel infeliz que se acercaba a ellos y al que miraba sin dejar de sonreír estaba gastando toda su fortuna en el hipódromo, cuando podía haberla invertido en algún interminable viaje a Grecia con esa encantadora mujer, Isabella, que había ido a encontrar en un hotel de lujo. Lerrin avanzaba pausadamente hacia él, ajustándose los puños de la camisa limpia y seca que parecía haberse puesto en ese mismo instante. Poco después pasaba un largo brazo por la espalda de Marcel Berkowitz, y se asombraba de la agotadora ola de calor que venía invadiendo la ciudad desde hacía tres semanas:

—Agotadora, sin duda, amigo Lerrin —afirmaba Marcel.

—Deberías inventar algún artilugio capaz de salvarnos de estos tormentos más propios de un infierno bíblico. Mi pobre Isabella se derrite poco a poco, y tanto sofoco está consiguiendo apagar la belleza que tanto me cautivó al principio.

Marcel Berkowitz reía y negaba con la cabeza:

—No nos engañas. Ni a estos pobres estudiantes, que todavía no conocen el verdadero sentido de la palabra matrimonio, ni a mí. No nos engañas… Sabemos que Isabella podría tener un paño de llagas sobre la cara y aun así…

—Aun así seguiría siendo el mayor consuelo para mi marchito espíritu.

Marcel Berkowitz volvía a reír, y su amigo Lerrin puso las dos manos sobre el respaldo de su silla para dejar caer todo el peso de su cuerpo sobre aquel apoyo y comenzar a respirar con dificultad. Parecía sentirse exhausto, triste y nervioso. Con ese nerviosismo que precede a las catástrofes y con esa tristeza impaciente que conduce a un estado de alarma insoportable y perpetua.

En una mesa próxima dos hombres jugaban al ajedrez y, un poco más allá, junto a la puerta de un *ristorante* muy pequeño y no demasiado limpio, cuatro o cinco puestos de fruta se protegían del sol del atardecer mediante grandes toldos que a veces eran de rayas y a veces de un único color mate, generalmente oscuro. Bajo esos toldos se cobijaban el tendero y también los compradores que, después de sortear los montones de cajas apiladas alrededor de los puestos, después de haber esquivado un coche de color verde con matrícula de Roma E22116, las jardineras de piedra pletóricas de frondosas plantas de flores rojas, los contenedores de basura y alguna bicicleta, llegaban por fin a la báscula donde el tendero pesaba sus piezas de fruta en el interior de unas bolsas azules de plástico.

—¿Qué te ocurre, Lerrin?

Marcel Berkowitz no obtuvo respuesta, y continuó preguntando:

—¿Aún sigues encontrándote así? ¿Todavía no has aceptado que a la gente le encanta hablar y le encanta que alguien escuche? Lo último que debemos hacer, mi querido amigo, es plantearnos si los demás van a juzgar lo que hacemos y lo que no hacemos.

—Yo ya no me planteo nada... No... Es cierto. No estoy hablando en broma.

—¿La joven Isabella ha obrado el milagro de quitarte de encima la sombría carga de tener que pensar?

—En cierto modo. Sí... Ya sabes que Isabella no puede comportarse como una persona normal. Es incapaz de hacerlo. Y yo he de asumirlo. He dejado de hacer planes o de sugerir cualquier propósito común.

—¡Por Dios, Lerrin! ¿A ese extremo has llegado?

—Nunca sabemos a qué extremos somos capaces de llegar.

—No todo el mundo soportaría vivir así, como tú —dijo Marcel.

—Tampoco sabemos en qué estado seremos capaces de vivir —casi repitió el profesor Lerrin.

—No tanto, mi estimado profesor. No tanto... Es sólo cuestión de no ceder.

—¿No ceder? ¿No ceder...? —Lerrin se quedó mirando el perfil irónico de su amigo, y sonrió—: Siempre hay que ceder. Al menos ante una criatura como Isabella.

—Pues entonces supongo que habrás de buscar una vía de escape. Algún alivio para esa dependencia.

—Sí. Ciertamente... Creo que lo tengo. Es algo básico, pero creo que lo tengo. Aunque pueda parecerte extraño, conservo una maleta junto a la puerta de nuestro apartamento. Al principio, durante los primeros días, estaba allí porque no sabíamos dónde meterla. No había sitio en los armarios. Pero, ahora, esa maleta en el recibidor, justo al lado de la puerta de la calle, me parece algo simbólico. La maleta ya está allí, dispuesta y siempre visible... Para cuando ella decida prescindir de mí.

—Tanta rendición... Tanta sumisión no puede ser sincera.

—De todas formas —continuó el profesor—, no creo que pueda considerarme un hombre desafortunado. Ya sabes que he procurado toda mi vida no atarme a ningún lugar.

—A pesar de que ahora no puedas evitar estar atado a una persona.

Desde la terraza en que se había sentado Marcel Berkowitz se veían las contraventanas marrones, casi siempre abiertas, de un *Forno* del que, de vez en cuando, surgía un joven con una camiseta de tirantes y unos pantalones manchados de blanco para fumar un cigarrillo. La delicadeza con que aquel chico bajaba los párpados sobre unos ojos insólitamente somnolientos, la prudencia con que estiraba la corta longitud de su cuello para expulsar el humo hacia arriba hacían que adquiriera una nobleza propia de los legítimos descendientes de alguna familia de antigua estirpe. A veces volvía la mirada con lentitud y, como si intentara descifrar la exacta composición del rostro de Marcel, le examinaba largamente, con un descaro y una morosidad que a él le parecían extraídos de algún libro del escritor francés Octave Mirbeau. ¿El suave énfasis que ponía en su mirada, como si quisiera decirle algo, como si acariciara la idea de preguntarle si querría adentrarse con él más allá de las contraventanas marrones y conocer el interior del *Forno*, sería intencionado?

Marcel Berkowitz comprendió la causa de su propio estremecimiento, de aquel temblor suyo, y luego, sin intentar siquiera detenerle, contempló cómo su amigo Lerrin se alejaba siguiendo su ritmo apacible, casi humilde.

—Ciertamente, debería inventar algo —comentó entonces en voz baja—. Algo que me ayudara a comprender... Por qué unos hombres descubren su significado y otros, sin embargo, los más retorcidos, entre los que yo me encuentro, no.

Los estudiantes observaron con curiosidad a Marcel, que ahora dejaba vagar la mirada por las portadas de unos libros desperdigados sobre la mesa, y que parecía no desear alzar o girar la cabeza y correr el riesgo de encontrarse con una sonrisa cuyos propósitos podría desconocer. Parecía querer recuperar su acostumbrado y amable estado de ánimo, tal vez quebrado tras la breve intervención de su amigo Lerrin, y reconquistar cierta sensación de alivio al descubrir que las cosas seguían funcionando como debían.

Finalmente, uno de los estudiantes se atrevió a preguntar:

—¿Comprender el significado de qué, señor Berkowitz? ¿A qué se refiere?

Marcel Berkowitz cerró los ojos, y murmuró:

—El significado de la renuncia, querido niño. La tan penosa pero balsámica renuncia a la propia dicha...

A lo lejos, el profesor Lerrin estaba a punto de internarse en un pasadizo mal ventilado y cubierto por un techo viejo y lleno de goteras, que daba a una galería de arte. Con las manos escondidas en los bolsillos del pantalón, el profesor Lerrin desaparecería por completo de la vista de Marcel Berkowitz sin volver la mirada hacia él. Entraría en aquel pasillo estrecho cuyas paredes presentaban una extraña e interesante forma, y después se dejaría atrapar por el orden pulcro y hermético de la galería de arte, con la obvia intención de perderse en su interior y poder olvidarse así de las palabras ingeniosas y de los comportamientos ejemplares.

Trabajé en el jardín esmeralda.
El sol me invadió los ojos.

¿Y si fuera necesario para volar
imitar el mimoso movimiento de los pájaros?
Recurrir a un elemento más ligero que el aire.
El humo.

Culto doméstico

El joven Andreas está enfermo y yace en cama sin apenas pulso, con los labios entreabiertos y húmedos, implorando que le dejemos en paz porque no quiere saber nada de todos nosotros. Ni siquiera de mí... Ha pedido un barbero a tempranas horas de esta mañana y una Biblia que ha dejado en el suelo, junto a las sábanas que caen sobre mis pies y sobre los pies de su padre, que no ha podido evitar ver cómo su hijo deslizaba la fotografía de Gustave Salletti entre las páginas del libro, tan arrugado y sucio como sólo puede estarlo un ejemplar que ha viajado con él por el norte del continente negro donde, según afirma el mismo Andreas, los hombres no son negros sino oscurecidos, como curtidos por un sol que todavía no es lo suficientemente despiadado como para quemar la piel, y que ha otorgado a los habitantes de esa región un estatus indefinido, a medio camino entre la palidez europea y el absoluto azabache africano.

—Hijo… —murmura el señor Capdevila—. La señorita Vidal ha venido a verte. Ha hecho un larguísimo viaje desde París para venir a visitarte. Incorpórate, por favor.

Andreas no se mueve y observo el disgusto en la expresión contrariada de su padre, que balancea la cabeza en ambas direcciones.

—Está muy débil, señor —comenta un hombre desde el otro lado de la habitación. Ha estado mirando por la ventana que da al jardín y no se ha dejado advertir hasta que ha oído con preocupación la voz del señor Capdevila. Sólo entonces ha demostrado que su misión allí es la de cuidar del pobre Andreas—. Creo que, dada su frágil salud, no estamos en condiciones de pedirle grandes esfuerzos.

—¡Ese maldito Salletti tiene la culpa de lo que le ha sucedido a mi hijo! Ese hombre endemoniado y cruel…

El doctor comienza a caminar hacia la cama porque advierte la alteración en la temperatura de Andreas cada vez que su padre acusa a Gustave Salletti de haber envenenado su cuerpo y su mente en esos lugares de perdición con estúpidas historias y estúpidas vivencias. La luz entra con viveza no sólo por la ventana a la que el doctor se había aferrado, sino también por la puerta abierta del dormitorio y por una gran cristalera que da paso directamente al jardín posterior. Al parecer, Andreas debe estar continuamente rodeado de mucha luz que mantenga la ilusión en sus ojos de no haber renunciado del todo a las regiones desérticas en las que ha conocido el contento y la gloria.

—Su hijo no quiere seguir vivo y no creo que de eso tenga la culpa ningún hombre.

—¿Alguna mujer, entonces? —pregunta el señor Capdevila—. Si se trata de una mujer iremos a buscarla y se la traeremos. Consiga saber de qué se trata, doctor. Por el amor de Dios. Consígalo y hará usted de mí el hombre más feliz y más agradecido de la tierra.

El doctor sujeta la mano agotada del joven Andreas y le lanza una mirada extraña. Parece suplicar un descanso y, al mismo tiempo, parece comprender la complicada voluntad de Andreas de dejarse ir, aunque sólo sea con el delirio, al lugar donde ha sido feliz y donde permanece el sol, el aroma y el color de las tierras que ha amado.

—No quiere estar aquí, señor Capdevila. Ésa es la única causa de su enfermedad, y mientras deba permanecer en este país y en esta casa su energía irá en descenso.

—¡Buscaré otro médico si continúa usted con esa teoría! ¡Se irá usted de mi casa!

—Sólo intento curar a su hijo.

—¡Eso es lo que debe hacer! ¡Curar a mi hijo! ¿Señorita Vidal?

Mantiene el codo de su brazo derecho elevado para que pueda apoyarme en él y salir de la habitación. Andreas insiste en su desmayo y me resulta casi imposible desplazarme junto a su padre para alejarme de su cama y volver a abandonar, una vez más, aquellos ojos invadidos por el despropósito y la confusión.

—Lo intentaré, señor. —Oímos las palabras del médico, y continuamos avanzando hacia el jardín.

—No es cierto. No lo intentará. Ese hombre miente y yo lo sé y, aun así, sigo teniendo su inexperta e insensata ciencia bajo mi techo… Pero era amigo de mi hijo, el único amigo que le queda en este lugar. —El señor Capdevila se detiene un momento y me observa fijamente—. ¿Por qué, señorita Vidal? ¿Por qué? ¿Entiende usted algo? ¿Entiende usted por qué mi hijo, un joven fuerte, lleno de vitalidad y con un futuro tan extraordinario, ha tenido que fracasar de esta manera tan estrepitosa? Hábleme, señorita Vidal. Dígame usted algo. Lo que sea.

No se divisan los límites del jardín. Los árboles, las flores, el césped y el canto de algún pájaro aíslan la casa hasta el punto de haber aislado también el discernimiento del señor Capdevila, que no comprende o no acepta que Andreas nunca fue vigoroso ni fuerte. Paseamos por el suelo de grava y la súplica permanece en mis oídos retumbando como un tambor en la oscuridad.

—Han pasado demasiados años, señor Capdevila. Andreas ha vivido mucho en todo este tiempo y se podría decir que yo ya no sé cómo piensa.

—Bobadas, señorita Vidal. Por Dios. ¡Qué bobadas! Usted creció junto a mi hijo, usted fue a despedir su tren cuando salió hacia Tánger y me consta que ha recibido cartas suyas. ¿Por qué todo el mundo se empeña en ocultarme la verdad?

Un banco de piedra gris se acerca con nuestro ritmo lento, en ocasiones interrumpido por las desesperadas frases de mi acompañante. Sí. Es cierto. He recibido cartas apasionadas y melancólicas de Andreas, he sido testigo de sus viajes por el desierto y por poblachos anclados en la arena, he descubierto su fiebre por la personalidad salvaje y casi inhumana de Gustave y, sobre todo, he tenido que olvidarme de él para no sufrir una violenta herida carta tras carta… Y ahora su padre me pide que recuerde de nuevo para aliviar su sufrimiento a base de incrementar el mío. Me pide que regrese al tiempo que he desterrado de mí gracias a largas horas de esfuerzo y de exilio en París; que vuelva a los verdes jardines de la mirada de Andreas cuando todos pensábamos que sería un gran inventor, un gran músico, un gran científico, y que me tendría a mí a su lado.

—Quizá porque nadie conoce la verdad.

—Sólo ese Salletti.

—Quizá ni siquiera él.

—¡Señorita Vidal! ¡Ese hombre ha pervertido a mi único hijo varón! ¡Ese hombre debería estar en presidio y usted lo sabe! Ese hombre es un demonio.

Las fotografías que me llegaban con la sonrisa inabarcable de Andreas junto a Gustave demostraban ciertamente un aire maligno de felicidad intacta. Nunca había visto sonreír de esa manera a mi adorado Andreas, y nunca había recibido de él palabras tan emocionadas y hermosas como las que utilizaba para referirse al carácter abierto y noble de aquella gente que había pasado a ser su familia, su gran apoyo. Rodeado de pequeños rostros de ojos oscuros y casi deslumbrantes que parecían despedir la misma luz del sol que caía sobre ellos a diario, la complacencia confiada de Andreas se manifestaba entre mis manos y las quemaba con una impresión similar a la envidia, con un cierto efecto de abandono y soledad. Porque Andreas, que iba a ser mío, era ahora de un hombre rubio y alto, pálido como la destrucción y siempre vestido con un inmaculado traje blanco que lograba acentuar una delgadez por sí misma considerable. Pertenecía a un hombre que había conseguido su dicha a base de agrietar sus aspiraciones hasta dejarlas reducidas a la simple contemplación del acontecer diario, y que me había excluido por completo del paisaje futuro de Andreas.

—Posiblemente tenga usted razón. Posiblemente Gustave sea el culpable de la situación tan lamentable de Andreas, tumbado en esa cama, sin hablar, sin querer mirarnos, sin ansiar la vida. Pero ¿y usted, señor Capdevila? ¿Cómo se atrevió a forzar su regreso? ¿Cómo tuvo el valor de obligar a su hijo a hacer lo único que no deseaba hacer?

Los ojos de mi acompañante se abren lo suficiente como para descubrir ante él la pregunta que ha estado atormentando sus últimas semanas pero que nadie ha formulado en voz alta, quizá para evitar la terrible visión de aquellos ojos maduros tan abiertos e incapaces de responder. El banco de piedra queda detrás de nosotros y ya no nos sentaremos en él porque ya no soy lo que el señor Capdevila esperaba encontrar.

—Yo, señorita Vidal, sólo actué como lo habría hecho cualquier otro padre y porque tenía todo el derecho a hacerlo. Andreas vivía en un universo de perversión y de irresponsabilidad gracias al dinero que yo enviaba todos los meses y, simplemente, renuncié a ser estafado, no por mi hijo, sino por esa sanguijuela que embaucó, sedujo y convirtió en un vagabundo a un ser excepcional. Comprenderá usted que no podía tolerar semejante ofensa tratándose de mi hijo.

—Y, sin embargo, sí puede tolerar ver cómo se está consumiendo en su propia desdicha.

—Querida, tampoco yo soy muy feliz… En fin, estará agotada del viaje. Creo que lo mejor será que regresemos para que pueda descansar y relajarse.

—No se preocupe por mí. Sabe lo paciente y lo firme que puedo llegar a ser. Sólo quiero solicitar un favor. Durante el tiempo que deba continuar aquí, desearía permanecer junto a Andreas.

El señor Capdevila gira la cabeza y me mira con un amplio gesto irónico en los labios.

—Señorita Vidal, mi hijo ha conocido ya la peor influencia de este mundo. No creo que sea usted capaz de perjudicar más su pobre estado mental.

Así que regresamos sin intercambiar más palabras que las estrictamente necesarias para no caer en un incómodo silencio. El viaje ha sido largo, efectivamente, pero no demasiado pesado, gracias.

Una vez en el interior de la casa nos separamos porque él ya conoce con demasiado detalle cómo evoluciona el estado de su hijo y va a permitirse una copa de oporto, por lo que avanzo sola hacia la habitación de Andreas y, desde la puerta, contemplo su dejadez infinita. Su apatía. Sus labios inflamados por la fatalidad de haber conocido el edén teniendo que salir de él por culpa de una ceguera inclemente… El doctor ha regresado al examen del jardín desde el lugar privilegiado que le ofrece la ventana en la que parece encontrar todo el consuelo que necesita y, sin saber muy bien por qué, me acerco a él y pongo una mano suave sobre su espalda, esperando con avidez que Andreas esté observándonos.

—Es usted su único amigo aquí, ¿no es cierto? Usted tiene que saber que sólo una visita de Gustave lograría despertar sus deseos de levantarse y comenzar de nuevo a vivir.

Él no hace nada. Simplemente me mira y parece analizar lo que quiero decir.

—Eso es imposible.

—Nada es imposible. —Me acerco más y desvío la mirada hacia las plantas del jardín mientras mis dedos comienzan a ascender por su espalda, hacia los hombros, e intento dulcificar la voz—. Usted, como médico, lo sabe mejor que yo. No hay nada imposible. Gustave podría llegar hasta aquí si nosotros quisiéramos.

—Usted le quiere mucho, ¿verdad?

Dejo de mirar las plantas del jardín y me aparto de él bajando las manos y sabiendo que mi comportamiento ha sido, seguramente, lamentable.

—¿Usted no?

—No sé si sería capaz de hacer por él algo tan osado como lo que usted se propone.

—¿Le he parecido insolente?

—Creo haber utilizado la palabra osadía para calificar su acción.

Me alejo más del doctor y descubro que Andreas me está mirando con algo parecido a una muestra de atención en el rostro.

—Sí, es cierto. Todos lo saben. El señor Capdevila lo sabe y por eso me ha traído a esta casa, y creo que también Andreas lo sabe o, al menos, solía saberlo. —Me acerco a su cama y comienzo a hablar sólo para él—. En sus primeras cartas me pedía casi como un niño, con vehemencia e irreflexivamente, que me reuniera con ellos en África. Me gustaría África, decía, me entusiasmaría África tanto como a él y tanto como a Gustave, porque era imposible que no me dejara hechizar por el aroma de la arena cálida, por la cadencia tranquila y pacífica de una población que parecía vivir en una definitiva armonía con su dios, por el sonido de sus voces y, sobre todo, por el color de la tierra, el perpetuo fulgor que desprendía y el sosiego que provocaba en todos los que se paraban un momento a contemplar el horizonte desde cualquier altura. Y, ¿sabe? Estuve a punto de hacerle caso. No puedo enumerar la cantidad de veces que fui a la estación con el único propósito de comprar un billete de tren que me acercara a su venerado paraíso de África...

—¿Por qué no lo hizo? —El doctor también se ha acercado a la cama de Andreas—. ¿Por qué no se fue con él?

No puedo evitar echarme a reír. ¿Por qué?

—¿Por qué? Porque significaría la rendición absoluta ante un hombre que se había ido de Europa con otro hombre. Difícil de asumir pero, incluso así, incluso sabiendo que yo haría el papel de hermana y no el de esposa, incluso comprendiendo que el único amigo querido de aquel trío imposible sería Gustave y que yo cumpliría la labor de un discípulo bienintencionado, afectuoso e incondicional, pretendía perseguir sus pasos hasta aquel lugar, del que sería muy complicado escapar. ¿Cree usted que eso demuestra suficientemente todo lo que quiero a este ser que se deja ir en una cama de hastío y de cobardía?

Andreas se revuelve entre las sábanas por primera vez desde que estoy aquí, y susurra el nombre de Gustave.

—Nunca debiste obedecer a tu padre, querido. No debiste salir nunca de África. ¿El dinero? El dinero se obtiene de cualquier manera.

—Me temo, señorita Vidal, que si mi hijo se hubiera puesto a trabajar en aquella tierra, todo el color africano, todo el aroma y todo el placer se habrían esfumado de golpe, de una vez y para siempre. —El señor Capdevila ha entrado en el dormitorio y se apoya en el marco de la puerta con una copa de oporto en la mano—. No creerá en serio que Andreas es tan necio como para resignarse a la idea de perder una herencia más que considerable por permanecer indigente y rodeado de polvo y de moscas. Como tampoco creerá que es tan necio su estimado Gustave… Puedo asegurar, casi con absoluta certeza, que fue él quien le hizo a mi hijo la sugerencia de que regresara al hogar familiar, donde podría vivir cómodamente unos años esperando a que el anciano padre muriera.

—Siempre has sido tan injusto, padre. Tan cruel.

Andreas tiene el rostro desencajado por el esfuerzo de elevar la voz al mismo tiempo que el cuerpo para dirigirse al señor Capdevila y rechazar la ayuda del doctor. La luz del exterior sigue derramándose serenamente sobre la palidez de su cara, que parece estar desvaneciéndose poco a poco entre el color apagado de las almohadas y del resto de la ropa de cama.

—Andreas, por favor… —insiste el doctor inútilmente.

—El odio. El odio es el único sentimiento que he reconocido en ti desde niño. Rencor y desprecio son las palabras que encuentro más acertadas para definir las motivaciones de tus actos. Gustave no es el problema, no lo fue nunca… El problema soy yo y tu íntima aversión hacia mí. Porque tú no me quieres, padre. No me quieres… Jamás has querido a nadie. Eres incapaz de amar y te maldigo por ello. Aunque, al mismo tiempo, te compadezco, padre. Te compadezco profundamente.

El señor Capdevila deja la copa sobre una de las mesas que se encuentran repartidas por el dormitorio y avanza hacia nosotros.

—Tú... Fuiste engendrado para otra cosa. Y nunca has sido capaz de comprenderlo. Egoísta como un crío malcriado y vanidoso, has llegado a pensar que tu vida te pertenece y eso no es cierto. Simplemente no es cierto. No te pertenece ni para disfrutar de ella ni para intentar eliminarla como estás pretendiendo hacer ahora... Demasiado generoso estoy siendo contigo consintiéndote estos excesos más propios de un loco que de un individuo al que sólo se le pide una conducta normal y un disfrute de su libertad dentro de la moderación. ¿Es que no puedes comportarte con sensatez? Con discreción.

—¿Discreción, padre? ¿Qué es para ti la discreción?

El señor Capdevila nos mira y, después de unos segundos, baja la cabeza hacia su copa de oporto dispuesto a salir de la habitación.

—Hijo, a estas alturas y si sientes algo de aprecio por mí, aunque sea mínimo, no deberías hacerme preguntas como ésa.

Observo el paso regular del señor Capdevila hacia el exterior y luego intento concentrarme, una vez más, en la horrible audacia de Andreas, que intenta una nueva evocación de sus paisajes blancos, de los recintos cercados por altos arcos verdes que dejan al otro lado la tranquilidad de un mar azul que va a entregarse a las costas europeas, de las columnas y las torres bañadas por el sol del atardecer, de los interminables laberintos que constituyen el corazón de las ciudades y por los que quiere volver a desorientarse hasta el extravío, de la misma manera en que su padre desearía perderse entre las frondosas plantas de su húmedo jardín. Observo los párpados cerrados de mi febril Andreas y, tomando sus manos entre las mías, casi puedo sentir lo lejos que se encuentra de todos nosotros.

—Andreas, querido —digo en un susurro—. Vamos a devolverte allí. Esta noche. Sin falta. No te preocupes y deja de sufrir porque vas a viajar a África. ¿De acuerdo, Andreas? ¿Me oyes, querido?

La estrechez de las calles y la amplitud del primer desierto, las rocas de la costa y la suave arena de la orilla volverían a tener los calmados pasos de Andreas siempre cerca de Gustave.

—Lo que está usted diciendo no es muy prudente.

—Lo que necesita Andreas no es prudencia, precisamente.

El doctor me mira y dice:

—¿No se ha planteado usted que quizá su situación sea tan desesperada porque tiene miedo de que las terribles palabras de su padre sean ciertas? ¿No cree que es posible que su regreso se deba a que, en algún momento, tuvo unas dudas enloquecedoras respecto a Gustave y llegó a creer que los razonamientos del señor Capdevila podían tener alguna base?

Las manos de Andreas siguen entre mis dedos y, de repente, creo entrever cómo las distintas representaciones de la desconfianza, de la sospecha, podrían desfilar a su antojo sobre un ánimo tan impresionable, como si se tratara de un campo de batalla tomado por el adversario.

—Pero… Eso sería espantoso.

—Eso eliminaría cualquier solución como la que usted pretende.

—Y, ¿entonces? ¿Qué se puede hacer?

El doctor ensaya una sonrisa cansada y, sin responder, vuelve a dirigir su interés hacia la ventana que da al jardín. No muy lejos, el señor Capdevila pasea despacio y yo, apoyando la cabeza sobre las cálidas sábanas de la cama y todavía soñando con esa huida al norte de África junto a mi adorado Andreas, creo pensar que lo único que realmente deberíamos buscar sin reposo es la página del delgado e indispensable libro que nos enseñe a cómo perpetuar la felicidad.

Desde el interior de la población colonial,
a lo largo de las fronteras del barrio judío,
sembrando huellas de futuros sultanes, o reyes,
las paredes de piedra
descienden hacia los rebaños de animales.

Las discretas conversaciones de las mujeres
y aquella tendencia a abrir las tiendas,
los puestos callejeros, las puertas que dan paso
         a las ruinas,
hasta altas horas de la tarde.
Con un poco de café entre las manos
y el fresco temblor de las sedas
que flotan, ultrajadas, pretendiendo evitar la aspereza
de las caras curtidas por el sol.

Joyas de plata auténtica.
Hombres junto a la iglesia
despertando el misterio del edificio.
Años de vida
tejidos en las oraciones al Señor.

Modernas habitaciones.
Frecuentes senderos hacia el Sur.

Y, ahora, extinguidos han quedado
los sonidos somnolientos
que los queridos niños
nos ofrecían a diario desde el mirador.

El viento…
El poderoso, cálido
y destructivo viento.

Los seres efímeros

Cuando Scott regresó a Inglaterra no entendió la ausencia de vítores. ¿Es que sus compatriotas habían olvidado cómo se recibe a los héroes? Nadie había ido a esperarle. Así que tomó un coche y, de camino a casa, empezó a preocuparse.

El inmenso silencio de su hogar hizo madurar esa semilla inicial de preocupación. Vagó por la salita y, súbitamente, dio con la portada del periódico vespertino. En ella aparecía una fotografía que ilustraba la hazaña que él mismo había consumado. Se acercó, contempló la imagen y parpadeó repetidas veces. El titular estaba equivocado. Todo aquello era un terrible error... Leyó: «El noruego Amundsen regresa a casa sano y salvo. La Historia le reserva ya el inmenso honor de ser el primer hombre en llegar al Polo Sur».

Scott cerró los ojos y se dejó caer en una silla.

* * *

Segundos más tarde volvía a abrirlos. El frío extremo no había disminuido. Y tampoco su agotamiento. Nevaba. Scott recordó que Evans y Oates habían muerto, y ahora sabía que tampoco él regresaría jamás a Inglaterra. Buscó su diario y, en el interior de su tienda, escribió: «Si hubiéramos sobrevivido, habría podido narrar la historia de la audacia, la resistencia y el valor de mis compañeros; una historia que habría conmovido el corazón de cualquier inglés…».

El bosque parece silencioso,
pero no lo es.

Casey's General Store# 2369
1415
HURON, SD 57350
Register 1

4/6/20   11:34:05
Reg:1 Cashier:ALICE
Receipt   1030896
Type SALE

---

ed Supreme Pizza   14.29

SubTotal   14.29
TAX 10   1.07
Total   15.36

Received
Debit   15.36
ebit
rd Num : XXXXXXXXXXXXX8254
iped
rminal : 022002369
++++++++++++++++++++++++++++++++++++++
sit CaseysFeedback.com
 take a short survey about your visit
 be entered into a monthly drawing
win a $500 Casey's Gift Card.
vey # 2369-0001030896-1134
++++++++++++++++++++++++++++++++++++++

'20   11:34:05

Genios antiguos

I

No llevaba mucho tiempo caminando. Apenas veinte minutos. Pero ya notaba el cansancio en las piernas y cierto peso en alguna parte no localizada de la espalda. Los músculos se resistían a ejecutar los movimientos necesarios para seguir avanzando, y se le hacía inmenso, acaparador, el sonido de su propio cuerpo: la respiración, el roce del pelo y de la piel del rostro contra la capucha del impermeable, los pensamientos que no dejaban de generarse en su cabeza como agua en constante nacimiento y caída por el chorro de un caño abierto… Sabía que si se detenía, aunque fuera un instante, y se dedicaba a contemplar lo que había a su alrededor dejando de escucharse a sí misma, percibiría de inmediato, de forma casi invasiva, la auténtica realidad de un paisaje ajeno a ella. Un paisaje autónomo, que no la necesitaba para existir, y que seguiría allí, con sus paulatinas transformaciones de color, de textura, según la mayor o menor llegada de luz solar, estuviera ella o no para analizarlo. Así que lo hizo. Dejó de moverse y se fijó de una manera más consciente, más atenta, en la presencia de las encinas, de los enebros, de las alambradas que definían las fronteras entre una propiedad y la siguiente a pesar de tratarse de un mismo terreno constante e idéntico. El mismo musgo verde brillante adherido a las mismas rocas. Los mismos troncos inclinados de unos árboles semejantes entre sí. Las mismas hojas mojadas y diseminadas por el suelo. «Todo esto no sirve de nada», pensó mientras se quitaba la capucha del impermeable. «La actividad humana que traza límites. Tanto esfuerzo. Tanto medir y tanto planificar e inscribir y alardear.» Sintió la lluvia en el pelo, hasta el momento intacto, y apreció la libertad de poder mover la cabeza a su antojo, a derecha e izquierda, sin la protectora restricción del nudo con que se aseguraba la capucha al cuello. El agua le empapó la cara y las manos, y ella respiró profundamente, advirtiendo que el aroma del aire era allí un aroma virgen, tan puro que casi dolía.

Empezaba a llover con más fuerza. Así que volvió a ponerse la capucha del impermeable, y vio entonces, no muy lejos, en uno de los prados delimitados por muros de piedra y por nuevas alambradas, cómo tras una vaca blanca que caminaba pausada, en busca de pasto, avanzaba también su cría, hambrienta, acechando a la portadora de su alimento. Ella no iba a poder quedarse mucho más tiempo. Tardaría aún otros veinte minutos en regresar, y la lluvia arreciaba. Pero se mantuvo un rato allí, inmóvil, viendo cómo la vaca se detenía finalmente, sólida y brillante, mirando al frente, mirándola a ella, para que su pequeña perseguidora pudiera comer. La leche que no llegaba a ser tragada manaba de la boca de la cría y resbalaba por su cuello, en gruesos hilos, hasta caer al suelo, donde formaba un charco de líquido que perdía su color al mezclarse con la hierba y con las hojas esparcidas sobre el terreno empapado. Mientras, la enorme vaca blanca permanecía de pie con la mirada impertérrita, sin temor ni impaciencia.

Marina se llevó las manos a los labios para intentar calentarse los dedos con su propia respiración, y luego se frotó los ojos. Aquella misma mañana, muy temprano, había contemplado desde las ventanas de su casa cómo la niebla triunfaba sobre la espesura del monte más cercano. Había observado su descenso entre los árboles, como azúcar derramada sobre un postre de color verde oscuro, casi negro, y había llegado a la conclusión de que aquella materia tenía que saber a algo. No podría probarla ni tocarla ni conseguir que parte de ella se introdujera en el interior de una caja de metal. Y, sin embargo, ahí estaba, real y majestuosa, resbalando sobre los árboles sumisos, completamente resignados. Volvió a inspirar intensamente y pensó que la dignidad de la naturaleza era mayor que la del ser humano. En ese lugar no había espacio para la mentira, ni para la infidelidad, la cobardía o la avaricia. Los hechos se sucedían siguiendo una pauta estacional, podría decir que incluso lógica, pero en ningún caso desleal. La vanidad, la pompa, la altanería eran heroicidades reservadas para los hombres.

Había perdido el calor acumulado durante la caminata, y con la sensación de frío llegaba ahora también la de extrañeza. ¿Qué estaba haciendo allí parada, casi hipnotizada, bajo una lluvia cada vez más feroz? ¿Había vuelto a transformarse en el ser ofuscado que ya conocía? El ser que corría, que se hacía preguntas inadecuadas y que se dejaba dominar por el ritmo de sus propias interrogaciones. Tenía que dar media vuelta y regresar. Con las manos hundidas en los bolsillos del impermeable y la mirada clavada en el suelo, tenía que asumir el mismo camino. La misma impresión de sofoco. El relieve conocido. Las piedras. Los troncos pelados. Los ladridos lejanos. La misma necesidad y la misma calle que llevaba a su propia casa.

Los árboles se mantendrían firmes bajo la lluvia y las rocas mostrarían sus formas aisladas, permanentes.

2

Al llegar, descubrió que había gente en el interior. Quiso marcharse. No entrar y no tener que ver a nadie. Pero supo que César estaría allí, con su expresión más

vulnerable en los ojos y los mismos deseos que alberga-
ba ella de no escuchar, de no saber. César, sentado en
la sala de estar, en su sillón del rincón, bajo la lámpara
que aún no había encendido, estaría recibiendo las voces de las mujeres que habían entrado en su casa como
golpes contra su cuerpo, y estaría devolviéndolos con
silencios o con alguna sonrisa esporádica, tristísima,
con la que pretendía asentir y demostrar que sí, que
estaba de acuerdo en todo, que las cosas sucedían tal
y como los demás decían que iban a suceder... Que él
no pondría problemas porque todo era, siempre, como
los demás decían. Pero, por favor, que se fueran. No se
negaría a nada pero, por favor, que se despidieran ya.
No más visitas. No más información del exterior. No
más palabras. Por favor.

Ella quiso no tener que entrar. Pero César estaba allí,
fingiendo poseer unas habilidades que no poseía y pro-
curando mostrar una naturaleza que no era la suya. Con
su libro abierto sobre las rodillas, a la espera de poder
retomar la línea en que se hallaba cuando llegaron esas
mujeres que le pedían más datos acerca del reparto de
la herencia, y que le intimidaban y le acorralaban en ese
rincón de la sala en que él se sentaba para leer. Sin más
aspiración que la de poder leer.

—Si quieres un consejo... —decían.

—Yo en vuestro caso... —decían.

—Habrá que hablarlo con Marina... —decían.

Y cuando Marina entró, ellas se callaron. Se pusieron
de pie para acercarse a ella, una tras otra, y ofrecerle su

compasión mostrándose cariacontecidas y susurrando que eran tan buenos, los dos, tan buenos, que aquello suponía una pérdida enorme. Una pérdida irrecuperable.

—Una pena tan grande…

Marina se apartó y se acercó a su hermano, que hablaba poco con las visitas como poco había hablado su padre, y que tanto se parecía a él. Se agachó y le dio un beso en la frente.

—Si no os importa… —comenzó—. Necesitamos descansar. Han sido unos días largos. Si no os importa…

Y les importaba. Pero se fueron.

Salieron de la casa con nuevas frases grandilocuentes, con nuevos intentos rayanos en la insolencia para poder averiguar más, para poder opinar más. Pero se fueron, y Marina regresó junto a César con la idea de preguntarle si quería que le preparara una infusión. Tal vez una tila. Aún quedaban unas horas antes de que pudiera tomarse las pastillas.

Él negó con la cabeza, y se hundió en las páginas de su libro.

—Qué impertinentes —dijo ella.

—Sí.

—¿Ha sido muy horrible?

—Mucho.

—Se sentirán satisfechas…

César no respondió, y ella se sentó en el otro extremo de la sala para atizar el fuego.

—No creo que vuelvan —susurró.

—Volverán. Ya lo verás. Y cada vez serán más.

Marina volvió a atizar el fuego. De entre los leños saltaron chispas de un rojo conocido, y ella pensó que pronto habría que encender la lámpara para que su hermano pudiera seguir leyendo sin quemarse los ojos, fuera de peligro. Alejado de la realidad. Como un quijote joven que no deseara salvar a nadie, ni que nadie le salvase a él, o como un monje en su retiro que sólo ansiara que le dejasen en paz, en la única compañía de sus historias de años pasados, tan indoloras y asépticas. Tan perfectas y cerradas en su estado plano de letras planas impresas sobre un papel plano e interminable. A lo largo de aquellos días interminables.

—No creo que pueda soportar esto —siguió César.

Ella no hizo ningún comentario. Pero sonrió porque intentaba sonreír a menudo. Y también a menudo asentía ante las afirmaciones de César. Luego se dedicó a observar los dibujos de la alfombra que, extendida bajo la mesa central de la sala, cubría gran parte del suelo, hasta llegar a sus pies. Aquella alfombra había estado allí siempre, creía recordar. Desde su infancia. Con las figuras geométricas que se desplegaban por su superficie dando lugar a formas imposibles, inacabadas, casi trampantojos sin vocación de serlo. Intentaba descifrar el laberíntico sentido de una de aquellas estructuras, cuando volvió a escuchar:

—¿Has oído lo que te he dicho? No creo que pueda soportar esto.

—Claro que podrás. Me tienes aquí. Para lo que sea. Ya lo sabes.

—Pero no se trata de ti. Se trata de mí. Y no creo que pueda. Es demasiado. Este peso. Es excesivo. No...

De momento no lloraba, pero Marina sabía que lo haría. Y ella tendría que hablar con él, y le escucharía, e intentaría darle la vuelta a su manera de plantear las cosas, tan punzante y angustiosa, y le ofrecería una nueva perspectiva para cada argumento, para cada dolor.

—Deja que pasen los días.

—¿Para qué?

—Para que esto te afecte menos. Para que sepas cómo asumirlo. Es muy pronto aún.

—No quiero que pase el tiempo. No quiero que me afecte menos. ¿Cómo va a afectarme menos? Nuestros padres, Marina... Esto no es como una herida en el brazo, de la que te olvidas y un buen día dices: «¡Vaya! Aquí antes había una herida que ha desaparecido». Esto no es así.

Ella ya lo sabía. Pero ¿qué podía decirle?

—Ya lo sé.

—Ya lo sabes.

—Claro que sí. Pero tenemos que...

—No «tenemos que» nada. Nada es forzoso. Ni necesario. Ellos se han ido, y de igual modo podré irme yo.

—¡Por Dios! Deja de decir esas cosas.

Se levantó de la silla y comenzó a caminar por la sala.

Siempre había pensado que la manera de ser de su hermano era la correcta. Tan silencioso y reservado.

Tan metódico… Incansable en lo que a los estudios se refería. Siempre dispuesto a aprender, a indagar y a profundizar en cuestiones que a los demás les pasaban desapercibidas. Ella había sido más dispersa. Supo hacerse con un par de estrategias bastante elementales para ir aprobando exámenes, para ir pasando de curso, incluso en sus años de Universidad. Pero César no quería trucos ni buscaba sistemas para fingir que sabía lo que no sabía. Quería concentrarse, conocer, y quería, además, comprender. Pero ahora no comprendía nada. Su orden se había venido abajo. Todo su equilibrado sistema lógico se había desmoronado sin razón y sin previo aviso. Y era muy posible que algo así lograra acabar con él porque destruía la base en que él se apoyaba. Desde la raíz.

—Lo siento —dijo.

—No hace falta que te disculpes.

—Lo siento —repitió él.

Y dirigió la cabeza hacia su libro como si se dispusiese a leer otra vez. Aunque Marina sabía que no iba a hacerlo.

Le observó durante unos minutos, y pudo comprobar que, ciertamente, no leía. Dejó que sus ojos reposaran sobre los de su hermano, y trató de imaginar lo que él podía estar imaginando. A pesar de las apariencias, a pesar de lo que un observador imparcial pudiera pensar, Marina era bastante consciente de lo que sucedía allí dentro y de lo que César estaba intentando hacer. El desmayo de sus ojos, los desfallecidos rasgos de su cara… Todo parecía indicar que lo único que deseaba era desaparecer. Deseaba —con todas sus fuerzas— distanciarse de la martirizante sensación que le oprimía al considerar que había dejado escapar todas las oportunidades que los acontecimientos y los demás le habían ido ofreciendo.

—¿Qué voy a hacer…? —murmuró entonces—. ¿Qué hacemos? —preguntó mientras giraba la cabeza para mirarla—. ¿Qué es lo más inteligente? Lo más prudente. No puedo tomar una decisión en estas condiciones… En un ambiente normal, de menor tensión, podría dar con la respuesta. Pero ahora. Así… Con esta incertidumbre, soy incapaz de pensar. ¿Tú quieres quedarte aquí? ¿Quieres que nos quedemos?

Arrastrando tras de sí un terror implacable, César se enzarzaba en razonamientos que se bifurcaban en tantas direcciones que, habiendo llegado a su final (final provocado, generalmente, por la repentina intrusión de un nuevo razonamiento que reclamaba su atención), resultaba casi imposible recordar el principio. Ella se había acostumbrado a advertir el asombro en sus ojos. Esos ojos de mirada perdida y sanguínea. A observar cómo se detenía petrificado, estático, para vigilar cualquier punto sin importancia de cualquier habitación. La puerta o el grueso marco de un cuadro. Concentrado en lo que parecía una reflexión urgente o una visión insólita.

«Qué hacemos…», se repitió Marina.

Dejar que pasase el tiempo. Unos días. O unos meses. Ser pacientes.

Y beber agua fresca de riachuelos serpenteantes que pronto se helarían. Observar el inconcebible brillo de las estrellas en la oscuridad de un cielo despejado. Comprobar lo temprano que llega la confusión de la noche y lo portentoso que resulta el que vuelva a amanecer cada mañana. Dejarse empapar por la lluvia y caminar bajo un sol neblinoso. Soportar potentes ráfagas de viento en los ojos. Caminar hacia la nieve. Realizar esfuerzos excepcionales. Sufrir decepciones y gritar. Asistir a esos prodigiosos espectáculos de la naturaleza que resultan tan raros e impenetrables. Admirar durante horas la textura y el color de dos piedras distintas.

Construir pequeñas chozas con pequeños palos.

Llegar a la conclusión de que el viento es una criatura dotada de vida; un ser que chilla y solloza y se mofa de la fragilidad de los hombres.

Descubrir el resplandor violeta de las montañas más ásperas, donde las rocas y las hierbas sin nombre lo dominan todo y donde no prevalecen las voces articuladas de los seres humanos. Un lugar donde no se habla. Donde no se pregunta nada. Donde el único sonido es el del viento, inextinguible y enloquecedor...

Saber que pronto empezarían a sentirse dominados por una especie de pasividad creciente, una paralización de brazos y piernas, incluso mental, que les llevaría a permanecer largas horas inmóviles, en una contemplación eterna de lo que tenían delante, sin pensar en nada. Al menos sin pensar en nada de manera consciente.

César tenía razón: llegaron más mujeres con la pretensión de ofrecer nuevas condolencias y pedir más explicaciones. Entraban en su casa, se sentaban en su salón y hablaban. Hablaban… Pero César no quería ver a nadie ni quería sentir la presencia de nadie cerca. No deseaba oír más palabras vacías ni entablar conversaciones de circunstancias. Sólo quería seguir leyendo y encontrarse a mucha distancia. No estar allí.

Marina observaba cómo, durante aquellas reuniones, su hermano suspiraba largamente mientras dejaba caer la cabeza hacia atrás para clavar la mirada en el techo. Luego, a veces, cuando la situación se le hacía insoportable, se levantaba, salía del salón en dirección a la cocina y, una vez allí, se sentaba en uno de los dos taburetes de madera que habían colocado a ambos lados de una pequeña mesa, muy estrecha y también de madera. Y ya no hacía nada más. Tan sólo sumirse en lo más profundo de ese curioso comportamiento, tan áspero y huidizo, que con tantísima destreza sabía desplegar de vez en cuando.

—No es necesario que vengan. No hace falta…

Marina le escuchaba y comprendía que también ella deseaba desaparecer. Salir de aquella casa y no regresar en semanas.

—No admitiremos más visitas —dijo—. Se acabó.

De modo que, cuando oyeron los siguientes golpes en la puerta, decidieron que se trataba del furioso sonido de la tormenta y no renunciaron a los libros que estaban leyendo. No los dejaron sobre la mesa, no los cerraron, y se mantuvieron entre las líneas de la página en que se hallaban, como si al permanecer en el mundo resguardado de sus libros pudieran lograr que se marcharan aquellos que habían tenido la osadía de plantarse delante de su casa. Escucharon nuevos golpes en la puerta principal al cabo de unos instantes, y Marina suspiró y elevó la mirada por encima de la perfecta protección de su novela. Se había puesto un jersey de lana a rayas y una falda larga de color marrón que descendía hasta sus tobillos. Estaban en la sala y el fuego ardía con viveza pero, no obstante, a pesar de saber que llevaba encima la suficiente ropa de abrigo, sintió un frío terrible.

«Come not between the dragon and his wrath.
I lov'd her most, and thought to set my rest
On her kind nursery…»

César había empezado a leer en voz alta, y ella quiso pedirle que no lo hiciera.

«Good my lord,
You have begot me, bred me, lov'd me: I
Return those duties back as are right fit,
Obey you, love you, and most honour you.»

Repetía fragmentos de *El rey Lear*.

Porque me has engendrado, debo obedecerte. Porque me has engendrado y criado, debo amarte. Porque me has criado y amado debo, ante todo, honrarte.

«But goes thy heart with this?»

Los golpes se hicieron más rotundos, más obvios; golpes que ni el aguacero más violento podría causar y que evidenciaban una intencionalidad humana. Marina recordó entonces la mirada abandonada de la vaca que se había dejado perseguir por su dependiente cría, hasta ceder, detenerse y disponerse a entregar el alimento que se le demandaba. Recordó la quietud y la imperturbabilidad de un ser pacífico y casi melancólico. La limpidez. Y fue en ese momento cuando decidió que debían meterse en la cama y fingir que dormían. Apagar las luces y tal vez gritar que no querían ver a nadie. Debían aclararle a quien fuera que estuviera llamando que no era bienvenido. Porque los dos hermanos tenían el mismo propósito. Los dos compartían un deseo que era más fuerte que cualquier otra circunstancia o idea: el deseo de escapar de la sistemática contemplación de un segundo que se desliza circular junto a otro segundo hasta formar un minuto que conduciría, de manera ineludible, a otro minuto. Cada uno de ellos había perfilado sus propios métodos al respecto. Llevaban años aprendiendo, cada uno a su manera, a salvarse de la destrucción. Ambos luchaban por eludir el tormento de la espera, a pesar de ser conscientes de que su única opción era la de seguir esperando hasta que, en el instante adecuado, sin demora y sin dar ninguna explicación, se arriesgaran a salir corriendo y huir, deseando vivamente que todo aquello pudiera tener un final diferente. Un final algo menos angustioso.

Tomaré chocolate amargo
añadido al té verde de mi tazón de loza.
Contemplaré, desde la mesa de madera blanca
        que me acoge,
cómo ruge la bestia que ha venido a arruinarme
y a engullir la paz de las campánulas.
A desdibujar la sonrisa inexpresiva de las enredaderas.
A gritar como sólo las bestias saben hacerlo.

PARA QUE NADA CAMBIE

Apenas hablaron durante el desayuno. Caterina, como de costumbre, eligió tres o cuatro piezas de fruta, mientras que Flavia se contentó con un vaso de café muy cargado.

—Tenemos que ir a la ciudad —dijo Flavia como al azar, como si no se hubiera preparado previamente durante horas para pronunciar aquella breve frase. En realidad, las dos sabían que llevaba días considerando la idea de acercarse al mercado. Se estaban quedando sin comida.

—Ya… —murmuró Caterina, y se levantó para tirar algo a la basura. Caminaba con pasitos cortos, como danzando.

—¿Vendrás conmigo?

—Claro.

Un «claro» dicho con desprecio, porque Flavia no quería hacer nada sin que ella también interviniera.

Porque no podía ir a la ciudad sin ella. Porque temía que al regresar a casa ella se hubiera marchado. Porque tenía miedo de que Caterina desapareciera.

—¿Cuándo quieres ir?

—Cuando tú digas.

—¿El miércoles? ¿El miércoles por la tarde te parece bien?

A Caterina el miércoles le parecía un día perfecto.

Pero aquel hombre llegó el martes, antes de que ellas pudieran ir a comprar nada.

Cuando aquel hombre con camisa blanca llegó, Caterina estaba en el porche y Flavia, desde la ventana de su habitación, contemplaba la extensión del sendero indefinido y seco. Más allá de su terreno y de la valla que lo delimitaba, más allá del camino silencioso que llevaba al pozo, Flavia divisó pronto una sombra borrosa que se acercaba a su casa. Una sombra con una camisa blanca.

—¡Niña! —gritó entonces—. ¡A casa inmediatamente! Ahora mismo.

Caterina no pudo divisar ninguna silueta a su espalda.

—Un segundo… —dijo dejándose caer sobre las anchas baldosas rojas que formaban el suelo del porche—. Todavía es temprano.

—He dicho que entres. ¡Vamos!

Caterina entonces elevó la cara hacia la ventana de Flavia y, en su voz de pánico, pudo adivinar lo que estaba sucediendo: alguien se acercaba.

—¿Quién es? —murmuró mientras se levantaba y giraba el cuerpo en dirección al camino—. ¿Quién viene?

Y Flavia, llena de espanto, deseó haber ido a la ciudad ese mismo día.

—¡He dicho que entres en casa! —ordenó—. ¡Ahora mismo! ¡Vete a tu habitación y no salgas de allí hasta que yo te dé permiso!

Y eso haría Caterina, que no había cenado aún. Encerrarse. Porque Flavia lo ordenaba y porque siempre había que obedecer a Flavia, quien, tras encender la luz del porche, esperó al hombre que se acercaba.

—Sólo quiero cenar algo, señora. Lo que tenga. —La voz del desconocido no era muy agresiva—. Algo de comer y seguiré mi camino, se lo aseguro. Eso sí, no podré pagarle lo que me dé.

Flavia escuchó sin decir nada, y Caterina, desde lo alto de las escaleras, sólo pudo ver la cabeza de su madre, que no realizaba ningún movimiento, que no asentía ni negaba y que, seguramente, mantenía en el rostro una expresión de absoluta indiferencia.

—No tenemos mucho que ofrecerle… Creo que será mejor que se busque otro sitio.

—Sólo quiero cenar. Me conformo con poca cosa. Ya sabrá usted que no hay demasiados lugares habitados por aquí.

Sí. Flavia sabía que tenía razón y que no podía oponerse, así que dejó entrar al hombre y poco después estaban los tres sentados a la mesa, en silencio. ¿Cómo iba a negarse a dar de comer a un viajero hambriento?

¿Cómo iba a impedir que un hombre cansado se lavara y descansara en una casa limpia?

—¿Y viven aquí las dos solas? —preguntó el hombre, que aún masticaba vigorosamente el último trozo de carne asada que había quedado en su plato—. ¿Todo el año?

Caterina afirmó con cara de aburrimiento, pero Flavia dijo:

—Mi marido estará aquí mañana, al amanecer.

Y el hombre, que no apartaba los ojos de Caterina, se echó a reír.

—Deberían ensayar esto con más frecuencia. No deben permitir que nadie descubra que están ustedes mintiendo —dijo con una sonrisa cada vez más amplia—. Da la impresión de que se encuentran muy indefensas —murmuró mientras rozaba como sin querer los dedos de Flavia, que le había ofrecido algo más de vino y que, al hacerlo, no dejaba de observar a Caterina con insistencia, como si quisiera hacerle saber algo que no podía expresar en voz alta.

—No estamos mintiendo —dijo Flavia—. Nunca mentimos... ¿Has terminado ya de cenar, nena? Creo que es hora de que te vayas a tu habitación. Mañana va a ser un día largo.

—¿Tan pronto? —preguntó el hombre fingiendo una enorme sorpresa—. Deje que la chica se quede un poco más. Ya es bastante mayorcita, ¿no?

Caterina no respondió. En ese instante lo único que deseaba era sentarse en su cama para leer un libro o mirarse las uñas de las manos mientras canturreaba cualquier canción.

—Mi hija hace en mi casa lo que yo digo, ¿de acuerdo? ¿Caterina?

Ella miró entonces a su madre y negó con la cabeza como si no pudiera creerse nada de lo que estaba sucediendo. A continuación comenzó a subir las escaleras sin despedirse de nadie, y pasados unos veinte minutos oyó cómo se cerraba la puerta del dormitorio de Flavia, que susurraba algo que Caterina no quiso descifrar.

Poco después se quedó dormida, y aún no había amanecido cuando abrió los ojos de nuevo.

Media hora más tarde ya se había vestido y salía descalza de su habitación para entrar en la de su madre, sin llamar. El hombre se había ido.

—¿Por qué no te casaste nunca? —preguntó.

—Te lo he contado muchas veces, niña.

—Pues cuéntamelo otra vez —dijo Caterina sentándose en la cama de Flavia, que se incorporó hasta dejar la espalda apoyada contra la pared.

Flavia no sonreía, pero Caterina sabía que se sentía como si lo estuviera haciendo. Podía ver cómo su madre deseaba sonreír generosamente, con una sonrisa sincera y sugerente que se extendería por toda su arrugada cara, cada vez más arrugada, y pálida, cada vez más pálida.

Acércate a mí y sonríe.
Pregunta si estoy cansada y conversa conmigo
de algo trivial. No te exijo.
O de mis últimos avances.
Mírame con atención y no bajes los ojos.
Sonríe de nuevo y permite que te observe.
Habla como si me conocieras.
Vuelve a despertarme de mi antiquísimo letargo.
Y no te vayas.
Salúdame con una mano,
vigila todos mis gestos,
murmura un *está bien*. Descansa a mi lado.
Con las mejillas húmedas de sudor,
con la dulce piel ruborizada y
la voz estremecida.
Yo me elevaré para contemplarte y venerarte.
Celebraré cada paso tuyo
y seguiré el fluir de tus juegos
con la atención de una discípula excelente.

Te contaré que he sido una brillante alumna.
Levantando una erudita mano
ante una erudita cuestión.
O me quedaré en silencio

(un humilde, sosegado silencio).
Mas, por favor,
no te muevas. Mas, por favor, ven
y permanece.

Noli me tangere

Había cogido el autobús para ir al embarcadero aquella misma mañana. La pequeña maleta que llevaba no pesaba demasiado y, afortunadamente, no tuvo que detenerse para hablar con nadie de camino a la estación. Una vez en el autobús, después de comprar el billete y de respirar con algo más de tranquilidad al verificar que nadie se acercaba a ella con la intención de averiguar qué era lo que estaba haciendo y adónde se dirigía, decidió que lo mejor sería sentarse cerca del conductor e, inmediatamente, abrir un libro para esconderse dentro y no apartar los ojos de él hasta haber llegado a su destino.

Cuando el autobús se puso en marcha, se fijó en los demás pasajeros: un hombre de unos sesenta años se había sentado al otro lado del pasillo, en la segunda fila, junto a la ventana, y cuando sus miradas se cruzaron él sonrió abiertamente en su dirección, como si conociera a Julia desde hacía tiempo pero estuviera intentando ser discreto. Aunque lo cierto era que no se conocían en absoluto. Detrás de ella, tres asientos más allá, una pareja había comenzado a discutir en el mismo instante en que arrancaba el motor. Seguramente habían empezado a pelearse ya en la calle o quizá incluso antes, en su casa. Si pusiera un poco de atención, podría entender por qué discutían y qué era lo que se estaban diciendo con voz ronca en parte por el sueño del que todavía no se habían desprendido del todo y en parte por los esfuerzos que hacían los dos por disimular el tono de sus reproches. En una ocasión, Julia pudo oír claramente cómo ella decía: «¿Quieres hacer el favor de bajar la voz? ¿Es que quieres que se entere todo el mundo?».

Los demás, tres chicos de unos dieciocho años, se habían acomodado en los asientos de la última fila, donde podían estirar las piernas e incluso, como harían más tarde, encender un cigarrillo.

Una vez supo con certeza que allí dentro nadie sabía quién era, por fin pudo dejarse llevar por la velocidad de los árboles. Mantenía su libro abierto (un árbol… otro árbol…), pero por el momento, y aunque conociera bien el paisaje de la isla, iba a dedicarse a mirar por la ventana. Todas sus dudas previas habían desaparecido, se habían evaporado, en el instante en que había comenzado el acto mismo del viaje, el movimiento. Tal vez porque, de repente, sus expectativas debían centrarse en el destino y, por ello, las personas y los objetos que se quedaban en el lugar que acababa de abandonar dejaban de tener tanta importancia. O tal vez porque la suave vibración del desplazamiento le producía una calma extraña, una espontánea entereza que le recordaba que su recorrido de las próximas horas ya no iba a depender de ella y que cualquier decisión, cualquier propósito, debía quedar pospuesto hasta el momento de la llegada.

Entre las páginas de su libro llevaba el billete del *ferry* que iba a sacarla de la isla en la que había vivido durante cuatro largos años. Lo cierto era que se sentía extrañamente tranquila en aquel autobús.

Casi una hora después, el vehículo comenzó a moverse más despacio. Estaba frenando. Habían llegado y la gente empezaba a recoger sus bolsos. La estación fue apareciendo poco a poco con toda la parafernalia propia de todas las estaciones de autobuses: cafetería, vitrinas amarillentas que guardan los carteles de los horarios, llegadas, salidas... Así que también ella se levantó y, tras cruzarse en el estrecho pasillo con el hombre que tan ampliamente le había sonreído al principio, bajó los dos escalones del autobús con su pequeña maleta en una mano.

—¿Te ayudo? —escuchó. Estaba decidiendo si lo mejor sería tomarse un café antes de dirigirse al embarcadero o si quizá debiera ir a los lavabos de la estación para verificar que su aspecto era aceptable. El pelo en orden, la ropa sin demasiadas arrugas… Miraba su reloj de pulsera mientras intentaba llegar a alguna conclusión, sin centrarse del todo en lo que indicaban las agujas, cuando volvió a escuchar—: Oye. Te lo estoy diciendo a ti, preciosa. Te he preguntado que si necesitas ayuda. Pienso que una chica tan delgadita como tú, con esos bracitos y esas piernecillas, no debería cargar con ninguna maleta.

Julia no estaba muy segura de que estuvieran hablando con ella. Giró la cabeza lentamente, con un deje de extrañeza en la cara, para descubrir, justo delante y más inmensa que nunca, la sonrisa de aquel hombre mayor que viajaba también en el autobús.

—No, gracias —respondió—. No pesa mucho.

—¿Cómo no va a pesar, criatura? —respondió él—. Anda, trae, que yo me encargo.

Julia no pudo evitar que él le quitara la maleta.

—Pero ya le he dicho que no pesa.

Estiró una mano de inmediato para recuperar su maleta, pero el hombre la retiró de repente, sin dejar de sonreír, y se la colocó a la espalda, fuera de su alcance.

—Quieta, fierecilla… Que no quiero robarte nada. ¿Es que vas a dudar de un viejo como yo?

—Devuélvame la maleta.

Tenía que recuperar su maleta, tenía que tranquilizarse y, sólo más tarde, al cabo de unos segundos que para ella serían años de inexistencia y de terror, tendría que comenzar a maquinar nuevas tretas para no conmoverse. Para lograr que el tiempo se deslizara mansamente por encima de ella sin apenas producirle un roce en la piel.

—Pero si yo no quiero tu maleta para nada, niña. ¿Es que uno no va a poder comportarse como un caballero delante de una señorita guapa? Yo no entiendo eso de que a las mujeres ya no os guste que se os piropee ni que se os ceda la silla o el paso. Vamos, que no me lo creo… Además —dijo acercándose a ella, con la maleta aún pegada a su espalda—, yo te podría dar todo lo que me pidieras. Todo, reina. ¿Quieres verlo? Mira…

Julia intentó alejarse del hombre, pero no podía hacer nada mientras él no le devolviese su maleta.

—Quiero que me deje en paz.

—¿Te gusta el oro, reina?

Ella miraba a su alrededor, en busca de alguien que viera lo que estaba sucediendo, y no se fijó en cómo él sacaba con disimulo de uno de los bolsillos de su chaqueta una increíble acumulación de pulseras, cadenas y pequeños objetos dorados que, al quedar sobre sus dedos un tanto temblorosos, se movían y chocaban entre sí como seres vivos retorcidos e informes.

—¡Yo no quiero nada de eso! —exclamó mientras retrocedía unos pasos.

—¿Por qué no vamos un momentito los dos juntos a los servicios? —le preguntó él entonces, acercándose de nuevo a Julia, ahora con unos labios menos sonrientes y mucho más separados, y aún mostrándole aquel montón de pulseras y cadenas—. No vamos a tardar nada. Todo muy rapidito… Anda, vamos… No te lo pienses más. Todo esto va a ser para ti si lo quieres. Y ya verás como te va a gustar…

—Déjeme en paz —murmuró ella mientras retrocedía dos pasos más.

Pero él volvió a acercarse:

—¿Qué te pasa, boba? Si sólo es un momentito. Allí, en los baños… Nadie se da cuenta de nada y yo te regalo esto, todo esto, para ti. Venga, boba. Si no es nada malo. Y con el gustito que da…

Julia entonces comenzó a encogerse y a doblarse sobre sí misma como si estuviera a punto de dejarse caer al suelo y, cruzándose de brazos, gritó:

—¡Quiero que me deje en paz!

El hombre dejó de sonreír y al instante, al comprender que su voz podría atraer hacia ellos la atención de los demás viajeros, escondió en el bolsillo de su chaqueta la mano en la que sostenía todas sus riquezas doradas.

—Más tarde te vas a arrepentir… —dijo. Y a continuación soltó la maleta de Julia, que cayó de golpe al suelo—. Tampoco es para ponerse así. Vamos, digo yo.

Ella llevaba escrita en un papel la dirección a la que debía dirigirse cuando bajara del *ferry*. Había buscado aquel trozo de papel arrugado tantas veces, y tantas veces había repasado el nombre de la calle, los números de teléfono, que se los sabía de memoria. Y fue al recordar aquellas ocasiones, al revivir el pánico que la había llevado a aferrarse con desesperación a unos números de teléfono, cuando Julia cerró los ojos con fuerza y, en un segundo, volvió a tenerlo todo encima: el olor ácido que despedía el hombre que se había quedado en su casa y del que debía huir, el color oscuro de sus trajes, el temblor de sus manos y de su boca, las palabras, los gestos, el tono quemado de su piel... En un segundo sintió que él, de nuevo, se había subido sobre ella, sobre su vientre, para poner las manos inmensas sobre su pecho, y supo que no iba a poder soportarlo más. Los ecos de la estación estaban desapareciendo, la gente que subía y bajaba de los autobuses ya no existía... No había conductores ni personas ni maletas que trasladar de un lugar a otro, ni horarios que cumplir. Sólo contaba aquel segundo que estaba a punto de llegar y que ella no iba a poder soportar.

Se llevó una mano a los labios, pero no pudo evitarlo, y comenzó a vomitar. Una sustancia blancuzca y espesa cubrió los dedos de su mano derecha. Para limpiarse tenía que sacar unos pañuelos de papel de uno de los bolsillos exteriores de su maleta. Así que se agachó más, rebuscó y, finalmente, después de emplear varios pañuelos, pudo deshacerse de la cálida suciedad de su propio vómito. Quiso eliminar también lo que había caído al suelo. Estaba intentando no llorar, no debía llorar, pero le resultaba imposible contener unas lágrimas que parecían venir asociadas a la misma náusea.

—¿Estás bien, hija? —Julia elevó la cabeza mientras conseguía cerrar la cremallera del apartado en que había vuelto a guardar su pequeño paquete de pañuelos. Distinguió a dos mujeres que se inclinaban hacia ella, con un gesto de preocupación en la cara.

Ella se puso de pie y se pasó el borde de una mano por los ojos.

—Estoy bien, gracias —dijo.

—¿Seguro? ¿Quieres que te acompañemos a algún sitio?

Miró a su alrededor. El hombre se había ido. Así que se agachó para recoger su maleta, e intentó sonreír, pero notó cómo los ojos se le humedecían otra vez, y supo que en esa ocasión no le iba a resultar tan sencillo retener el llanto. Levantó tímidamente una mano para despedirse de las dos mujeres sin pronunciar una sola palabra, y caminó hacia los lavabos adivinando, más que viendo en realidad, por dónde debía ir. Atravesó una estación que súbitamente se había llenado de extrañas formas curvas y de colores borrosos. Una y otra vez se pasó los dedos por los ojos, y una y otra vez éstos volvieron a empaparse, completamente indiferentes a la voluntad de Julia de dejar de llorar. Indiferentes a todos sus esfuerzos.

Cuando llegó a los lavabos, comprobó con cierto alivio que no debía introducir ninguna moneda para que las puertas se abrieran. No había mucha gente, lo que también hizo que se sintiera algo mejor. Sólo dos chicas que se hablaban en voz muy baja mientras terminaban de lavarse las manos, y la mujer que se encargaba de la limpieza y que le había dado los buenos días al entrar.

—Cualquier cosa que necesite, más papel o jabón o lo que sea, tiene que pedírmelo a mí —dijo mientras se levantaba del taburete en el que había estado sentada hasta entonces—. ¿De acuerdo? ¿Me ha entendido?

Ella hizo un rápido movimiento con una mano indicando que sí, que había comprendido el mensaje a la perfección, e inmediatamente después alcanzó uno de los baños.

Pero la mujer de la limpieza estaba decidida a ir detrás de ella:

—Oye… —volvió a decir—. Chica… ¿Estás bien? ¿Necesitas ayuda?

Julia se giró. De nuevo intentó sonreír y, de nuevo, lo único que consiguió fue llorar más mientras negaba con la cabeza repetidas veces.

Todo lo que deseaba era poder encerrarse en ese baño, dejar la maleta en el suelo y repasar la dirección del lugar al que debía dirigirse. El lugar en el que sabrían cómo portarse con ella, en el que le dirían cómo evitar aquellos vómitos, aquel miedo terrible, y en el que sabrían también cómo portarse con él.

Unos minutos más tarde, ya sola, se puso una mano en la frente y suspiró. Lo que tenía que hacer ahora era subir a aquel *ferry* y dejar atrás la isla para siempre. Se secó los ojos con los dedos, y leyó algunos de los textos escritos con bolígrafo en las paredes y en la puerta del baño.

—No me toques… —murmuró.

Comenzó a mecerse a sí misma muy lentamente.

«No me toques…»

Quizá no necesitara llorar más.

Ensayamos ritos, aunque pretendamos que no
y simulemos un acto racional, un movimiento
        con principio y final,
cada vez que uno descubre al otro
en la secreta confección de sus conmovedoras magias.

Yo cuento hasta tres antes de cerrar mis libros.
Pienso metódicamente en los rostros
        de los que están lejos.
Él ordena sus zapatos con las suelas pegadas.
Tumbados de lado, como si durmieran.
Yo enumero los pasos por la cocina
y él dispone los cojines de su cama en hileras
para encontrarlos allí por la noche asumiendo
        la forma humana
de un ser inmóvil que no desaparecerá.
Ambos confesamos al mediodía nuestros pecados
ante el altar insensible del hielo marino antártico.
No hay respuesta ni absolución.
Ningún golpecito en la frente que siga a la frase
        «puedes marchar en paz».
Él susurra y niega con la cabeza antes de suspirar
        y callar.
Yo repito «está bien. Todo está bien…».

Él marca las raciones de comida y revisa las provisiones
con la disciplina de un avaro ante el tesoro.
Yo tacho tenaz en mis cuadernos cualquier palabra
       errónea
hasta convertirla en un borrón vencido e indescifrable.
      Un agujero.
Él dobla su ropa con una atención escrupulosa
y la deposita en su bolsa de viaje, sin necesidad
      de estantes,
como si regresáramos a Europa mañana. O esta
      misma tarde.
Yo contemplo mis fotografías y me aferro a las imágenes
      —repetidas—
que me confirman que nuestra existencia aquí es real.

Las necesidades humanas son simples y agrupables.
Hablar y que nos escuchen.
Entregar el corazón y que nos lo acojan.
Implorar y que nadie nos diga que nuestras oraciones
se deshacen en el vacío al ser pronunciadas.
Nuestros ritos son estrepitosos e inocultables.
Creo que he sido buena, pero no puedo pedirle gran cosa
      a un dios de hielo
que amenaza con desintegrarse en cualquier momento.

LOS CIEN CAMINOS DE LAS HORMIGAS

Las líneas discontinuas de los mapas pueden indicar dos tipos de rutas sobre el mar dependiendo de su color: los trazos azules definen vías para recorrer en barco, *ferry* o cualquier otro objeto capaz de flotar; los rojos, sin embargo, marcan la posición de algún puente por el que circulan coches, taxis o bicicletas. Yo tengo una bicicleta. Es de color azul y tiene una pequeña cesta de madera en la que podría llevar a Mac de paseo por las tardes, antes de anochecer, a través de los eucaliptos y de los interminables bosques de pinos que dejan caer sus agujas al antojo del aire o de la estación o de la edad. Mac sacaría la lengua y empinaría las orejas cada vez que yo susurrara su nombre desde mi condición humana que sabe provocar, engañar, al pobre perrito sólo para observar divertida esa expresión alerta, al acecho, que adoptan los pequeños perros huérfanos. Tengo una bicicleta que apoyaba contra el viejo chopo antes de que llegara Arnaud y decidiera talarlo una noche mientras Marie, la pequeña niña miope, y yo mirábamos boquiabiertas la madera rota, cada vez más rota. Él sudaba, se secaba la cara con los brazos y volvía a escupir: «*Pas de ça ici!*», mientras asestaba un nuevo golpe. «*Pas de ça ici! Pas de ça ici!*» Marie huyó de mi lado y corrió hacia la chimenea para esconderse dentro y escapar hacia el cielo a través del fino conducto ascendente como un Papá Noel excéntrico. Creo que no deseaba oír los lamentos de su padre contra el árbol que comenzaba a ceder ante mis ojos; el árbol que ya estaba ahí cuando yo nací.

Las cartas para Chambaron, Arnaud comenzaron a llegar a mi casa dos meses antes que él, así que cuando se presentó aquel hombre inmenso cuya cara de una furia luminosa desplegaba todos los matices de la pasión, de la pena y del hambre, con una niña que se dejaba agarrar de la mano y que me miró como si la piel se me estuviera escurriendo hacia los pies, no pude hacer otra cosa más que dejarles entrar y llevarles hacia sus habitaciones. Estuvieron durmiendo los dos días siguientes y al tercero, cuando bajaron a desayunar, le ofrecí todas sus cartas:

—Esto es suyo. Le pertenece —dije.

Arnaud recogió los sobres, comenzó a barajarlos como si fueran naipes, y preguntó:

—¿Cuál será el primero, Marie? —La niña señaló uno que llevaba el membrete del Crédit Lyonnais—. Perfecto. —Lo cogió, lo miró al trasluz y, situando lentamente los dedos índice y pulgar de ambas manos sobre la parte lateral del sobre, comenzó a rasgarlo hasta tener una mitad de la carta en cada mano—. Termínalo tú, Marie. Yo tengo trabajo ahí fuera —dijo con una larga sonrisa. Y así, entre la niña y él, fueron reduciendo a pequeños trocitos de papel la correspondencia que yo había ido separando de la mía y conservado con tanto cuidado—. No nos mire de ese modo, señorita. Mi hija y yo debemos protegernos de las sanguijuelas y de las alimañas que nos persiguen y pretenden amordazar la libertad de Marie y la tranquilidad de su futuro. Debemos vencer los obstáculos que nos van colocando, y sólo después podremos desayunar.

Todos los tipos de té, todas las infusiones conocidas. Arnaud se hacía cigarrillos de hierbas y le echaba el humo a su hija, que tosía sin descanso hasta pocos segundos antes de la siguiente bocanada. Marie, bonita, ¿por qué te gustaban los viejos camisones de lino que creía haber escondido para siempre? ¿Por qué paseabas por el pasillo hacia la habitación de tu padre enfundada en un largo camisón desgarrado que te arrastraba por detrás dibujando la sombra aplanada de tu poca estatura? Saltos escalón tras escalón, bailes por el cuarto de baño, descensos hacia el jardín y vueltas y más vueltas alrededor del círculo que dejó el tronco del chopo talado por la furia irresistible de Arnaud. Podríamos haber jugado juntas, pero yo estudiaba los mapas e intentaba adivinar la diferencia entre la palabra *branquia* (término científico) y la palabra *agalla* (concepción genérica). El sol podría salir en cualquier momento y la niña Marie todavía girando. También podría retirarse de nuevo y llevarme a escuchar, sin notar los avances de las agujas del reloj, la historia del joven monje enamorado de la doncella loca llamada Joan que, altiva y pétrea como una estatua, era conducida hacia la hoguera entre los gritos, insultos, desmayos, cánticos, lloros, plegarias, admiración y oraciones del gentío congregado para contemplar, una vez más, la expiación de sus pecados en forma de llama, olor pestilente a carne quemada, ambiente inigualable de santidad que se eleva y trasciende más allá de todas sus finitas y miserables vidas que así, de alguna forma, comparten lo ilimitado de la Historia. El joven monje no busca Historia; busca los ojos de la famélica Joan para transmitir, siquiera un instante, la calidez de un simple aunque puro amor terrenal. Pero ¡ja! Los ojos de Joan buscan el cielo. El cielo…

Sentado frente a la chimenea apagada, Arnaud relataba historias que a veces no concluía. Comenzaba a narrar, interpretaba los gestos del personaje como quien prepara su primer papel para la escena y luego, de repente, exclamaba «¡Marie!», y buscaba a su hija con los ojos extremadamente abiertos pero sin levantarse para ir a ver dónde podría estar si no la encontraba por la habitación.

—Esta niña cree en tantas cosas erróneas… —decía entonces—. Durante todo el tiempo que ha estado sin mí no han hecho más que meterle estupideces en su rubia cabecita. Y ella ve tan poco...

Resulta difícil saber cuántos meses pasaron desde que llegó cortando el árbol hasta el día en que me sorprendí acariciando su pelo y observando cada pliegue de la piel de su cara mientras apoyaba la mía en la otra mano. El pelo enmarañado que caía como el agua por un barranco, y que yo enredaba y peinaba con los dedos, absorta e incrédula.

—Marie se acostumbrará a vivir aquí, contigo —oí que decía.

—Sí —respondí. Marie se acostumbraría a vivir aquí, conmigo. Pero ¿podría acostumbrarme yo?

El sonido de los motores se acerca por la carretera, llega al máximo nivel cuando cruza por delante de mi ventana, y después se va alejando poco a poco hasta dejarlo todo sumido en un nuevo silencio. Marie lloraba mucho dentro de los camisones de lino desde que su padre se sentó una mañana con ella para decirle con considerable tranquilidad que iban a olvidarse de los mapas durante un tiempo para centrarse en la vida acogedora de un verdadero hogar.

—¿Por qué? —preguntó ella.

—¿Por qué? ¿Cómo que por qué? ¡Marie! ¡Qué pregunta tan equivocada! Nunca hay respuesta para una pregunta así, y no deben hacerse preguntas que no tienen respuesta. No hay nada tan absurdo y estéril.

—Tú me dijiste que no olvidara nunca los mapas.

—Pues ahora te digo que los olvides.

Marie salió al jardín, me miró y se dirigió hacia la pequeña fuente de piedra que no expulsa agua desde hace muchos años. Una vez allí, hundió los pies en las hojas caídas y, con los brazos en jarras, comenzó a mecerse y a cantar:

La Cigale, ayant chanté
Tout l'été,
Se trouva fort dépourvue
Quand la bise fut venue…

—Ya se le pasará. —Arnaud puso sus manos sobre mi cuello—. No tiene más remedio.

—No creo que ésta sea la mejor manera —dije, e inmediatamente noté cómo aumentaba la presión de sus dedos sobre mi garganta.

—Es la única manera. *D'accord, chérie?*

D'accord, naturellement. Pero el olor a temor y descontento inundaba el jardín desde la fuente, igual que el olor a carne quemada se asentó en la memoria de los que presenciaron la santidad de Joan desde la hoguera.

Llegaron más cartas, acaricié por las noches el pelo de Arnaud, y analicé la cada vez más perdida mirada de sus ojos por la frondosidad de los árboles que rodeaban mi casa y que ocultaban los caminos hacia el mar. Una pronunciada pendiente cubierta por la tupida alfombra de ramas y hojas que se dejaba surcar por cinco o seis heridas abiertas hacia las playas, y que atrapaba la atención más ensimismada de ese hombre que prefería retorcerse por el suelo gruñendo como un animal a articular una frase con sentido cada vez que se sentía medianamente cómodo, casi feliz.

—Podemos bajar cuando quieras —le dije una tarde—. A Marie le gustará volver a ver el mar.

Pareció despertar un segundo. Luego se llevó su cigarrillo de romero a los labios, y negó con la cabeza.

—No es necesario. Para ella no. Últimamente se muestra bastante autosuficiente.

—Te equivocas. Si algo no posee tu hija es autosuficiencia. Te necesita para respirar.

Arnaud se giró, me enfocó con lo que pareció un inmenso esfuerzo de concentración y, colocándose las gafas adecuadamente sobre la nariz, murmuró:

—Quiero, anhelo, una hija autosuficiente. Así que no me digas, ni insinúes, que Marie no lo es porque eso me destrozaría a mí primero y a ti a continuación. Todo lo que busco es una mujer capaz de respetarse y de mantenerse en pie con la cabeza elevada hacia las nubes, y que clame: «¡Mírame, estúpido! ¡Ahora me ves pero dentro de un rato ya no podrás hacerlo!». Me entusiasma ese incierto aislamiento independiente y femenino que veo en Marie cuando lleva tus camisones de lino. Es conmovedor.

No pude evitar echarme a reír.

—Los camisones no son míos.

Y entonces Arnaud, cogiéndome por la cintura con

las dos manos, con los restos del cigarrillo aún entre los labios, y alzándome unos centímetros del suelo, dijo:

—Ya lo sé, bobita. Ya lo sé.

¿Cómo? ¿Cómo podía saberlo? Daba lo mismo. Cada noche despertaba con la impresión de haber estado amando al propio diablo recubierto del vello rubio y suave de un despistado ser que me rodeaba con el vaho espeso de su respiración hasta transportarme al interior de las bocanadas de humo de sus cigarros, de la hoguera de Joan, de los coches que atraviesan los puentes sobre las bahías y que son simples puntos rojos que conforman una breve línea discontinua en un mapa. El diablo sonriente que me cogía por las muñecas para inmovilizarme y jugar a las hormigas, como él decía. A las hormigas que ascendían despacio, despacio, por el interior de los muslos, por encima del vientre, por la curva de la garganta, por las humedades de la lengua… Una noche oímos el grito aterrador de una de las frecuentes pesadillas de Marie, y él susurró: «Déjala. Ya se le pasará. Déjala». Las hormigas podían resultar amables, en determinadas circunstancias voraces, con frecuencia violentas, pero el pelo cálido de Arnaud, la perdida inclinación de su mirada y el roce más involuntario con cualquier segmento de su piel me hacían permitir los ávidos mordiscos, las repentinas huidas y, dolorosamente, las trágicas defunciones de las hormigas.

—¿Probaremos hoy la miel? —preguntaba frente a la chimenea. Marie en ese instante se levantaba y caminaba hacia el jardín. Ella tampoco acudía corriendo a las desesperadas llamadas de auxilio de mis gritos. Los alaridos que provocaba el mismo diablo participando desde el exterior, espectador complacido del sinuoso recorrido por los parajes inexplorados del desamparo y del ahogo hacia los que Arnaud dirigía sus intencionados manejos por las interioridades de un cuerpo que, creo, dejaba de ser el mío.

—¿Por qué quieres hacerme esto? —ensayaba un intento de compasión desde el sofoco de una voz que no reconocía.

Él tardaba en responder:

—Porque sé que te gusta. Lo sé.

Tendría que analizar muy pausadamente si tenía razón o no. Tendría que estudiar los límites que marcan la separación entre el dolor y el placer, la gracia y la miseria, entre lo que quería sentir y lo que me dejaba hacer para que sintiera él aquello que buscaba y que no puedo nombrar, porque desconozco el apelativo y porque me veo incapaz de descubrirlo.

—La cara más hermosa del éxtasis… —murmuraba cuando me retorcía entre las sábanas pretendiendo un beso, un descanso o, simplemente, que me dejara escapar de una vez—. Marie debería ver esto. Debería verlo. Debería estar aquí.

Por supuesto, nunca toleré tal cosa. Aunque sí permití que transformara las habitaciones de mi casa en junglas plagadas de plantas exóticas que hacía traer desde cualquier lugar de la comarca que pudiera obtenerlas y transportarlas hasta aquí. Marie contemplaba las distintas texturas de las hojas, el grosor y su consistencia, y Arnaud decía:

—Tú serás botánica.

Algunas plantas murieron; otras fueron creciendo hasta llegar al techo, y entonces comenzaron a doblarse para ajustar su tamaño a la superficie por la que debían extenderse si querían continuar alargando sus tallos en busca de la luz. Otras adquirieron colores extraños, y él se deshizo de ellas porque no habían sabido mantener intacta su verdadera esencia, y porque llevarían a Marie a conclusiones equivocadas.

—Algún día tendremos que librarnos también de ti, *chérie* —me dijo aquella vez mientras comíamos en el jardín—. Creo que tú tampoco estás manteniendo del todo el aplomo que tenías cuando llegamos mi hija y yo a salvarte.

—¿A salvarme?

—Estás cada vez más pálida. Y tan delgada… Creo que te convendría salir de este ambiente y permitirte unas vacaciones en algún sitio tranquilo y relajado.

Marie me miraba por debajo de su flequillo rubio mientras yo intentaba sonreír.

—Pero ésta es mi casa. Yo vivo aquí.

—¿Y bien? También Marie y yo vivimos aquí y no estamos tan enfermos como tú. Míranos y dime si no consideras que representa una influencia negativa con esas ojeras y ese aspecto de mala salud. Insisto, *chérie*, por tu bien, vete de aquí.

Marie negaba con la cabeza sin pretender hacerlo. El humo de los cigarrillos de su padre volvería a hacer que tosiera sin remedio. La niña movía la cabeza y los ojos, mientras él decía:

—¿Qué te parece mañana? Tienes tiempo de hacer una maleta y de recoger tus cosas más necesarias. Marie te ayudará, ¿no es cierto? Y podrá ir a despedirte a la estación de tren si eso te complace. Siempre es hermoso contemplar el pañuelo blanco y ligero de una chiquilla agitándose al viento en señal de que alguien sabe que te vas y comprende lo que eso significa. Una ida, una llegada, un trayecto, una lejanía…

La vieja y conocida sensación de angustia. Aquella noche Arnaud vino a mi habitación y, sin decir nada, me mostró con un único movimiento de los labios que esa visita sería la última, y que implicaría una inigualable sesión de despiece, unión y nueva sumisión. Las luces rojas se encenderían una vez más, e iluminarían la selvática disposición de las plantas supervivientes, la caótica separación de miembros (piernas y brazos) asombrados de su propia elasticidad, y la fiereza con la que aquel hombre era capaz de emitir graznidos en las horas de mayor silencio, de mayor paz, para después volver a tensar los músculos, aclarar el sentido de su actividad y reiniciar los sonidos ascendentes y descendentes de la entrega más absoluta. La mía.

—Te irás, *chérie*, y yo volveré a ver por fin.

Arnaud se reía como nunca antes, mientras secaba los dedos de mis pies y los colocaba sobre la almohada, ya lejos de su boca.

—¿Qué es lo que quieres ver?

Se reía. Reunía su pelo con una mano y lo dejaba caer por la espalda sin mirarme, sin apiadarse de las gotas de sudor que me resbalaban por la cara, pegajosas como la resina caliente.

—Nunca has sabido nada, y no saber nada te hace apetecible pero también peligrosa. —Sonrió. Y tras sonreír alzó una mano titánica con el propósito de descargarla sobre todo ese sudor acaramelado que me invadía la cara, y que se vio acompañado por un nuevo líquido más abundante—. ¿Lloras? ¿Por qué lloras? —Se levantó entonces y caminó hacia el otro lado de la habitación para encender un cigarrillo con el destello deslumbrante de un fósforo—. ¿Quieres que te cuente una historia muy antigua e infeliz? ¿Recuerdas el chopo? —Paseaba ahora por el mullido firme del cuarto, que se había convertido en un espacio aislado e impenetrable—. ¿Lo recuerdas? En una ocasión, una señora rodeada de niños decidió descansar a la sombra de ese árbol. Se sentó allí, con un vestido blanco que tenía algún dibujito azul por aquí, a la altura de las rodillas, y murmuró algo, una cancioncilla, un son de palabras que yo no entendía porque yo era un niñito francés con un bañador mojado y los pies descalzos, que miraba a la señora de blanco y que empezaba a deslizarse hacia ella atraído por algo más que una visión solemne, algo más que una canción suave… Una brisa repentina me empujaba por la espalda y me tiraba de los dedos hacia la sonrisa cantarina de la señora sentada a la sombra del chopo. Entré en el jardín y me quedé mirando sus manos, que sostenían un ligero pañuelo con el que se secaba la frente y que luego pasaba por las cabecitas de los niñitos que la rodeaban. ¿Podría pasar el pañuelo también por encima de mí? Más osado: ¿podría regalarme su pañuelo? Me acerqué lentamente en lo que parecieron siglos de avance, y la miré para comprobar la tersura de los labios, la calidez de los ojos, y la aparición repentina de una desmedida, terrible carcajada con la que me señalaba, y que se extendió a los demás niños, que también me señalaban. Corrí. Corrí. Pero creo que ya podría dejar de hacerlo. ¿Tú qué crees, *chérie*?

Arnaud me señalaba también a mí con una carcajada, y los gritos de una nueva pesadilla de Marie retumbaron por el pasillo. Así que tomé una de las sábanas, salí de la habitación, y llegué al jardín, donde me esperaban los gemidos de la tramontana. El aire azotaba las ramas, Mac ladraba sin cesar, y sólo cuando llegué a la fuente de piedra me detuve para comprobar que Arnaud no me había seguido y que allí, a excepción de la violencia del viento, estaba sólo yo.

Sospecho que lloré durante horas, y que el cansancio y la decepción terminaron por dejarme dormida allí mismo. Al amanecer me levanté del suelo y caminé hacia mi casa para recoger lo poco que pudiera llevar conmigo. Había dormido en el jardín rodeada de los vaivenes de un viento que hace delirar a los niños y gritar a los viejos; entre las notas inconexas de un instrumento feroz que descubre de repente el miedo que se ha mantenido oculto bajo una manta pesada y oscura para que no contemplemos su estructura más obvia. El miedo, la densa inmensidad del miedo, detrás de una capa sólo aparentemente suave de compañía, de la presencia de Arnaud. Había padecido sus corrosivos efectos, y guardé lo que pude en una bolsa de viaje no muy grande. Caminé sigilosa por los pasillos, y observé de lejos la puerta entreabierta del cuarto en el que él dormiría abanicado por las alas de algún insecto de dimensiones extraordinarias. Me acerqué, dejé la bolsa sobre una silla, y me aproximé sin saber lo que quería ver, aunque presintiendo que sería su boca abierta y carnosa aspirando la humedad de la mañana; las manos mostrando unas palmas enrojecidas, surcadas por las líneas cruzadas de la fortuna, la vida y el amor; los hombros fuertes, y el pelo esparcido por la cama como musgo sobre una roca. Retrocedí sin poder dejar de mirarle, pero sin ninguna intención de quedarme. Tomé la bolsa y salí de nuevo al jardín donde una vez hubo un chopo, donde Mac ya no ladraba y donde yo había pasado la noche soñando con las advertencias que me hicieron tantas veces de niña sobre los inconvenientes de mirar directamente al sol.

Caminaba sin saber los horarios de los trenes, dejando mi casa y sin mapas, pensando que quizá Marie los hubiera puesto en mi bolsa para asegurarse de que no iba a perderme, porque ella los guardaba desde que su padre le ordenó que se olvidara de ellos. Me iba recordando los diferentes olores que se entremezclaban en las espesas tardes de verano, tan luminosas, paladeando el sabor de algún helado de nata, y recuperando el roce de los vestidos blancos sobre el césped, consciente de que todo aquello se encontraba adherido a cada una de las piedras que sostenían el peso del lugar que abandonaba, y de que, en realidad, las líneas delgadas o gruesas marcadas sobre un mapa nunca descubren la novedad de ningún viaje. Me detuve entonces un momento, giré la cabeza, y pude comprobar que allí, desde la ventana de su habitación, los ojos miopes resguardados tras las pequeñas gafas de la pequeña Marie me observaban desconcertados, como si traspasaran mis límites y pudieran ver el terreno y las hojas que quedaban justo detrás de mí. Naturalmente, después de advertir algo semejante, dejé caer la bolsa al suelo y me senté dispuesta a esperar.

ÍNDICE

∾

LA SUGERENCIA DEL EDITOR

STELLA GIBBONS

La hija de Robert Poste

Traducción del inglés de José C. Vales

«Deliciosa… *La hija de Robert Poste* posee la mordaz ligereza
de Wodehouse y el descarado aplomo de Evelyn Waugh.»
(The Independent)

«Probablemente la novela más divertida jamás escrita.»
(Sunday Times)

www.impedimenta.es

PENELOPE FITZGERALD

La librería

Traducción del inglés de Ana Bustelo

«Penelope Fitzgerald es la más privilegiada heredera de
Jane Austen, por su precisión y su inventiva.»
(A. S. Byatt)

www.impedimenta.es

También en Impedimenta

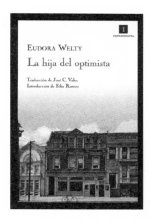

Eudora Welty

La hija del optimista

Traducción del inglés de José C. Vales
Introducción de Félix Romeo

«Welty es, junto con Faulkner, McCullers, Truman Capote o Tennessee Williams, uno de los grandes monstruos sagrados de la literatura americana.»
(Richard Ford)

www.impedimenta.es

También en Impedimenta

∾

Edith Wharton

Francia combatiente

Traducción del inglés de Pilar Adón
Introducción de Yolanda Morató

«La visión de Wharton sobre el espíritu francés
es de una profunda exaltación.»
(The New York Times)

www.impedimenta.es

EDITH WHARTON

Santuario

Traducción del inglés de Pilar Adón
Introducción de Marta Sanz

«Un libro impactante por su simplicidad y su penetración,
por su pasión y moderación.»
(The Times Literary Supplement)